JN124303

型録《カタログ》通販から始まる、追放令嬢のスローライフ

Nonbeosyou
呑兵衛和尚

illust. nima

Catalog tsuhan kara hajimaru,
tsuihoureijou no slow life

主な登場人物
ブランシュ
正体不明の魔導師。
快活で声が大きい。
ノワール
正体不明の女騎士。
真面目な性格。
ペルソナ
魔導書で注文した商品を
運んできてくれる仮面の男性。
ミステリアスな雰囲気。
クリスティナ
本作の主人公。
アーレスト侯爵家を追放された後、
異世界と繋がる魔導書を使って
旅商人生活を始める。

オストール
アーレスト侯爵家の次男。
クリスティナの商才を妬み、
追放されるよう仕向けた。
クレア
隣国を追放された
わがまま令嬢。
借金があって貧乏暮らし。
柚月《ゆづき》ルカ
異世界召喚された勇者。
王宮の食事が貧相で
困っている。

プロローグ

「……本日をもって、クリスティンをアーレスト家から追放します。明日の朝までに荷物をまとめて出ていくように」

その日。

私、クリスティン・アーレストは継母《ままはは》であるローゼ・アーレストから呼び出しを受け、侯爵家から追放を言い渡されました。

「な、何故ですか？　私が何かしたのでしょうか？　由緒《ゆいしょ》あるアーレスト侯爵家の子女《しじょ》として日々、礼儀作法や経営論などを学び、アーレスト商会を支えるべく努力してきました。それなのに、どうして追い出されるのですか？」

侯爵家の歴史は、およそ三百年前まで遡《さかのぼ》ります。

この世界には、人類を脅《おびや》かす敵、魔族《まぞく》が存在します。彼らは周期的に活発化し、世界中で猛威を振るうのですが、人間は長い間抵抗手段を持たず、蹂躙《じゅうりん》されてきました。

しかし、三百年前に異世界から召喚された初代勇者《ゆうしゃ》たちが、類稀《たぐいまれ》なる力を活かし、魔族の手から世界を救ったのです。

その勇者の一人、大魔導師《だいまどうし》カナン・アーレストは魔族との戦いの後、王国より爵位を賜《たまわ》り商会を起こしました。それが、アーレスト侯爵家ならびにアーレスト商会の始まりだったそうです。

現在のアーレスト商会は国を支える十大商会の第一位にまで成長しており、私を含めたアーレスト家の子どもたちは、家の名に恥じぬよう日夜勉学に励《はげ》んできました。

ただ、私の母は第二夫人であったため、アーレスト侯爵家を継ぐのは正妻との間に生まれた長男のグランドリか次男のオストールのどちらか。私は家督の継承などとは縁がないと、昔から思っていました。

ブルーザお父様は、そんな私を不憫《ふびん》に思ったのか、商会経営のなんたるかを学ばせてくれました。

その結果、私は幼くして商売についての知識を身につけることができ、お父様には来月から王都南にある支店を任せると言われていたのですが……いきなり、追放などと言われるとは予想外でした。

「何故ですって？　あなたが、アーレスト家には必要ないからよ？」

「必要ないって……あ、あの、私は来月から南支店の店長になるようにと、お父様から命じられたばかりですが？」

そうローゼお義母様《かあさま》に問いかけましたが、彼女は私に冷たい視線を向けてきます。

「先日、王家からアーレスト家に勅令《ちょくれい》が出されたのは知っていますわよね。新しく勇者召喚が行われます。我がアーレスト侯爵家は初代勇者様の一員の血を受け継ぐ家系、それ故に我が家も全力で勇者様を支えるようにと国王陛下からお言葉を賜りました」

ローゼお義母様……いえ、ローゼ様が、嬉しそうに説明を始めました。

三百年前の脅威は初代勇者たちによって退《しりぞ》けられたとはいえ、今も魔族の生き残りは存在しています。私たちはそれらが活発になるたび、異世界から勇者を召喚して対処してきました。

今回の勇者召喚は、王国の重要拠点であるメメント大森林の【聖《せい》なる祠《ほこら》】の防衛とその周辺の制圧のために行われるとのことです。そして、勇者の血筋を誇《ほこ》るアーレスト商会は、勇者様の希望するであろう物品を揃《そろ》えるべく準備を始めるところでした。

「勇者召喚の際は、勇者様の望みのものを揃えるべく、国一番の商会、つまりアーレスト商会が王宮に招かれるのが通例。そして会議の結果、今代の勇者様の接待は、南支店に一任されることになりました。勇者様のお相手はこのアーレスト家の正当な血を引く者にこそ相応《ふさわ》しいわ。あなたのような穢《けが》らわしいエルフの血を継いだ者に任せるなど、断じてありえません」

「穢らわしい……私が、エルフが穢らわしいですって？」

「ええ。まして妾《めかけ》の子なんて、吐き気がする……グランドリは本店の経営を任されているのだし、南支店を正当な貴族の血を継いだオストールに任せるのは、あたりまえではなくて？　それにあなた、これを機に後継者候補として名乗りをあげるそうね。亜人《あじん》が由緒正しきアーレスト家の当主になろうなんて、なんておぞましいのかしら」

そう呟くローゼ様の横では、次男のオストールが下卑《げび》た笑みを浮かべています。

はぁ、また何か吹き込みましたね？　この愚兄《ぐけい》は。

相変わらず、オストールは私を陥《おとしい》れることしか考えていないようで。

おっと、商人は紳士淑女たれ。それが初代アーレスト様の教え故、先ほどの心の中での愚兄発言はなかったことに。

「あなたを追放することについては、ブルーザも同意していますからね」

それはそうでしょう。

お父様は、公爵家の娘であったローゼ様には頭が上がりませんから。

どうやらローゼ様は、血の繋《つな》がった息子たちに家督と商会のすべてを継承させたいようです。

なので、私が何を言っても無意味。

商人は、交渉不可能な時は諦めが肝心《かんじん》です。

ここは速やかに折れるしかありません。

……私の母が亡くなってからは、ローゼ様やオストールにどれだけいじめられたことか。

でも、これが最後になるでしょう。

「ふぅ……わかりました。では、荷物をまとめて出ていきます」

私の個人的な荷物なんて、母の遺《のこ》した【シャーリィの魔導書《まどうしょ》】という、見たことのない文字が綴《つづ》られている魔導書と、商売用の書物類、あとは少しの貯金と着替え程度ですけれど。

「そうなさい。私たちはこれから、貴族院にあなたを勘当《かんどう》したという書類を提出してきますので。これはせめてもの餞別《せんべつ》です」

——ガチャン。

ローゼ様が、小さな金貨袋を私の前に放り投げました。

この大きさの袋で、この膨《ふく》らみだと、金貨が百枚ぐらいは入っているかもしれません。

さんざん私をいじめてきたローゼ様が、餞別に金貨袋をくれるとは意外です。

「では、アーレスト家の家紋に宣誓《せんせい》なさい」

ローゼ様が、壁に貼られているタペストリーを指差しながら告げました。

そのタペストリーには、アーレスト家の家紋と【契約《けいやく》の精霊紋《せいれいもん》】が組み込まれています。この紋に向かって宣誓するということは、契約の精霊を通じて魔術的契約を行うということ。

それを破ると、身体に激痛が走り、最悪は命を落とすこともあります。

「では、私は以後、アーレスト家を名乗ることはありません。契約の精霊・エンゲイジの名において宣誓します」

「そうそう、王都からも出ていってちょうだいね。あなたのことを知っている人は結構いるし、いつまでも王都をうろうろされると困るのよ」

はぁ。

アーレスト家からだけではなく、王都からも私の存在を消したいようで。

ここまで嫌われていると、かえって清々《すがすが》しい気分です。

「私、クリスティンは三日以内に王都を離れ、二度と王都の土を踏まないと誓います」

——キィィィィン！

タペストリーと私の身体が輝き、契約が成立しました。

これで私はアーレスト家の血縁者であると他人に告げることができなくなり、明々後日《しあさって》からは王都の正門を潜ることも不可能になりました。

まあ、そんなことはどうでもいいのです。

これでローゼ様やオストールと顔を合わせることがなくなりました。

でも、育ててくれたお父様には感謝していますし、離れ離れになることは少し寂しいです。

ローゼ様の反対を押し切って、病で亡くなった母の墓標《ぼひょう》を用意してくれたのもお父様なのですから。

「では、これで失礼します」

深々と頭を下げて部屋を出てから、両手で頬を叩き気合を入れます。

もうすべてが終わったこと、いつまでもくよくよしていては先に進むこともできません。

私は昔から物事を割り切って考える傾向にあります。

この手のことはいつまでも引きずらない方が気が楽ですから。

「うん、まずは荷物をまとめて王都を出ましょう。そうですね、お母さんの故郷の森にでも行ってみようかしら」

幸いなことに、少しだけど蓄《たくわ》えもあるので。

これでのんびりと旅をすることにしましょう。

そう思って部屋に戻る途中、廊下で家宰《バトラー》のジェスターさんに声をかけられました。

「クリスティン様。こちらをお持ちください」

ジェスターさんは代々アーレスト家に仕《つか》えている一族の出身であり、私がローゼ様やオストールに嫌がらせをされた時、そっと助けてくれた優しい方です。

ジェスターさんから小さな袋を受け取ると、中には青銀貨《せいぎんか》が十枚と一つの指輪が入っていました。

「青銀貨と、この指輪は？」

「旦那様が、クリスティン様にお渡しするようにと。『宝飾品としての価値は大したことのない指輪だが、せめて侯爵家に縁のあるものを持たせてやりたい』と仰せでした。あまり知られていませんが、その指輪は初代様が残した遺品の一つです」

「そんな大切なものを……ありがとうございます。そうお父様にお伝えください」

指輪もありがたいですが、何より青銀貨をいただけたのが大きいですね。

青銀貨は一枚で金貨百枚、金貨一枚は銀貨百枚。金貨一枚あれば、贅沢《ぜいたく》をしなければ一つの家族が一ヶ月は暮らせます。青銀貨が十枚となると、餞別としては破格過ぎる金額です。

「はい。クリスティン様、お元気で」

「ええ。今までありがとうございました。ジェスターさんもお身体に気をつけてくださいね。もう結構なお歳なのでしょう？」

「はっはっはっ。まだまだ若い者には負けませんよ。それに、クリスティン様がいなくなりますと、私の雑務も増えそうですから」

「本当に無理しないでくださいね。それじゃあ」

そう頭を下げてから指輪を左手中指に嵌《は》めると、指輪の宝石が青く光ったような気がしました。

まあ指輪については後で考えるとして、荷物をまとめてとっとと王都から出ていきますか。

第一章　型録《かたろぐ》通販のシャーリィ

侯爵家から追放された翌日の早朝、私は商業ギルドに向かいました。

「はい、これで商業ライセンスの書き換えが完了しました。クリスティンさんはアーレスト商会従業員から独立し、フリーの商人となります」

王都を出る前に、まずは商業ギルドカードの書き換えです。

私はもうアーレストを名乗れないので、今後のためにも商業ギルドの登録内容を変更する必要があります。

「はい、ありがとうございます。あと、アーレスト商会の従業員口座の名義を私個人のものに切り替えてもらえますか？」

「かしこまりました。では、クリスティンさんのアーレスト商会従業員としての口座はすべて、個人名義に変更しておきますね」

「よろしくお願いします!!」

アーレスト商会従業員の給料は、一部が貯蓄《ちょちく》として天引《てんび》きされ、商業ギルドに預けられます。

これはアーレスト商会に何かあった場合でも従業員を守るための制度であり、私も貯蓄の管理はアーレスト商会の会計士にお任せしていました。

「……あの、クリスティンさんの口座の貯蓄は、すべて引き下ろされていますが？」

「はぁ？　何故ですか？　私は下ろしに来た記憶はありませんよ？」

「いえ、こちらがクリスティンさん名義の口座で、毎月貯蓄分が振り込まれた翌日には全額下ろされていますね？」

──ガバッ!!

慌《あわ》てて提出された書類を見ると、確かに預けられていたはずのお金がすべて下ろされています。

しかも下ろした人物の名前は、オストール……あのクソ次男かぁ。

「……あの愚兄……」

「ヒィッ!!　あ、あの、大丈夫ですか？」

ボソッと呟いたはずなのに、職員さんの顔が引《ひ》き攣《つ》っています。

いけないいけないけない。

商人は常に笑顔でなくては。

「はい、大丈夫です。ええっと、これを口座に預けますのでお願いします」

ローゼ様と父から受け取った金貨袋を、カウンターに置きます。

するとカウンター下から硬貨測定器を出してくれたので、そこに袋の貨幣をまとめて載《の》せました。

これは初代アーレスト様が作り出した、貨幣《かへい》を数える魔導具。

枚数を数えるだけでなく、贋金《にせがね》の感知、他国の貨幣価値の測定もできる優れものです。

商人御用達《ごようたし》の魔導具ですが、今は作れる人もいないので貴重品なのですよ。

「はい。こちら全部で青銀貨十枚と金貨一枚です」

「ふぅん。青銀貨十枚と……金貨一枚？　へ？　どうして？」

「こちらの袋の中身はすべて銀貨でした。全部で百枚入っていましたので、両替して金貨一枚になりましたけれど」

あ、あの継母ぁぁぁ。

銀貨って何？　銀貨一枚じゃせいぜい、食堂で夕食をおなか一杯食べてエールを二杯飲んで終わりです。

つまり一食分ですよ、一食分。

近くの宿でも素泊まりで銀貨三枚はするんですよ？

銀貨百枚って……いや、期待した私が甘かったですし、少額とはいえ餞別と思えば……納得できますかぁぁぁぁ。

……いえ、過ぎたことは気にしてもしょうがないですね。

「はい、それじゃあ、それを預けます。あと、銀貨はすべて持っていきますので」

「はい、ではこちらで。ありがとうございました」

私は銀貨とギルドカードを受け取り、鞄《かばん》に押し込みます。

こうやって重たい荷物を抱えるたび、私も初代アーレスト様たちのように【アイテムボックス】という摩訶不思議《まかふしぎ》なスキルが使えたら、と願ってやみません。

実際、アーレスト家には初代アーレスト様の持つ力を継いだ者、つまり、祝福《ギフト》に目覚めた者も多くいます。

本来、スキルは地道な努力や鍛錬《たんれん》を重ねた末に得られる能力です。

また、成人になり教会で洗礼を受けると、神様からいただくこともできます。

通常は一つか二つ、神に愛された者なら三つもらえることもあるとか。

祝福《ギフト》はそれらとは別に、生まれながらにして得られる、家系や血筋に伝わる特殊スキル。

自分が祝福《ギフト》を授かったのかどうか、それがどんなものなのかは、洗礼の時にわかります。

真面目な長男のグランドリ様は、容量は少ないけれど【アイテムボックス】を。次男のオストールは【商品知識《しょうひんちしき》】というスキルを祝福《ギフト》として授かっていました。

どちらの祝福《ギフト》も、非常に優れた能力だと噂されています。

しかし私が授かった祝福《ギフト》は、【精霊魔術《せいれいまじゅつ》】のみ。

母がエルフなので、この祝福《ギフト》を授かるのは血筋的には当然なのですけど、魔術を学んだことのない私ではまともに使えない祝福《ギフト》です。

その他、アーレスト家由来の祝福《ギフト》は何一つ授かっていませんでした。

この祝福《ギフト》について話すと自分が腹違いの妹であることが強調される気がして、兄たちが洗礼の後で祝福《ギフト》を自慢《じまん》する中、家族には私は祝福《ギフト》を持っていなかったと誤魔化《ごまか》しましたね。

まあ、こんなことを愚痴《ぐち》っていても始まりません。

クリスティン・アーレスト改め、クリスティナ・フェイールは商人として独立したのですから。

ちなみにクリスティナという名前は、エルフ語でクリスティンのことを指します。

フェイールはお母さんの故郷の森に住まうエルフの氏族名で、ギルドカードの名義もこの名前に書き換えました。

さあ、とっとと王都を出てやります!!

◇　◇　◇

――ハーバリオス王都のアーレスト商会執務室。

「旦那様。貴族院から手紙が届いております」

執事が一通の手紙をブルーザ・アーレストに差し出す。

これは、先日勘当したクリスティンについての報告書だろう。

そう思って手紙を開くと、予想通りクリスティンがアーレスト家から勘当され、今は無関係であるということ、親族が全員亡くなった場合でもアーレスト家の財産がクリスティンの元に届くことはないということが書き記されている。

しかも、しっかりと王室執務官のサインと印章まで押されていた。

「わかった。下がっていい」

「失礼いたします」

執事が部屋から出ていくのを確認してから、ブルーザは額に手を当てて天井を見上げた。

ここ最近、めまいが増えた気がする。妻とその息子たちに振り回されているせいだろうか。

そもそもの原因は、先代の強引な婚姻政策にあった。

『アーレスト家の跡取りは、【精霊魔術】の祝福《ギフト》を持つ者とする』

【精霊魔術】の祝福《ギフト》はエルフが受け継ぐことが多い。しかし、跡取りの条件に【精霊魔術】の祝福《ギフト》を必要とする理由がわからなかった先代は、自分たちの貴族としての立場を盤石《ばんじゃく》にするべく、エルフではなく公爵家の女性を招き入れた。

そして、アーレストの祝福《ギフト》を受け継ぐ息子たちが生まれたのだが、二人とも、【精霊魔術】を授かってはいなかった。

そんな中、仕入れの旅の途中にブルーザはエルフの女性と出会い恋に落ちる。

ブルーザはその女性を第二夫人として招き入れ、数年後にクリスティンが生まれた。

ブルーザとしては彼女たちを大切にしていたつもりだったが、陰では、クリスティンとその母は、正妻であるローゼとブルーザの祖父、そして次男のオストールから虐《しいた》げられていた。

さらに、クリスティンの母は、数年前に流行病《はやりやまい》で亡くなってしまった。

それからブルーザは、クリスティンにできる限りの愛情を注いできたのだが、それがローゼにとって面白くなかったのであろう。ローゼはますますクリスティンを憎むようになった。

そして、勇者召喚に伴《ともな》う南支店の責任者決定会が訪れる。

ブルーザとしては、優秀なクリスティンに勇者の接待を任せたかった。

だがローゼは、直系である息子たちにこそ勇者御用達店舗を任せるべきであると引かなかった。

それどころか、妾腹の子にアーレスト家の財産を与えることなど前代未聞、クリスティンを勘当するると言い出したのである。

ローゼの父、オズワルド公爵からも圧力をかけられた結果、ブルーザは頷かざるを得なかった。

「そう言えばあの時、公爵に反論しようとしたのに、急にめまいがしたと思ったら首を縦に振っていたような。せめてあの子の弁護ができていたら……いや、今更後悔してもしょうがない」

ブルーザは頭を振って思考を切り替える。

噂ではクリスティンは王都を離れ、遠くの街に引っ越したという。

「……この先、アーレスト家はどうなるのだろうか」

そんな呟きは、ただ静寂《せいじゃく》に飲み込まれてしまった。

◇　◇　◇

王都を離れて一週間。

この一週間というのは、【勇者暦《ゆうしゃれき》】でいう七日間を表します。

勇者暦とは、初代勇者様が定めた時間の概念をわかりやすくしたものです。

勇者様はいくつもの文化を私たちの世界にもたらしました。

しかし、勇者様の残したさまざまな言葉には意味不明なものが多く、それを調査・解読している研究家が多数存在します。

研究の成果の一つ、勇者様のありがたい言葉をまとめた書物【勇者語録《ゆうしゃごろく》】は、今では世界中に浸透していています。

やがて、私の乗っていた定期馬車がシャトレーゼ伯爵領にある交易都市メルカバリーに到着しました。

巨大な城壁に囲まれた都市であり、他国からの交易ルートが交わる地。

そのためか、隣国の物産品などを露店で売る商人も数多く見かけます。

「到着~。ご利用いただき、ありがとうございました」

御者《ぎょしゃ》の方がにこやかにそう告げるのを聞きながら、私はのんびりと荷物片手に馬車を降ります。

「さて、これからどうしようかなぁ……」

貯蓄のほとんどを失ってしまったので、どうにか生活費と旅費を稼がなくては。

この街の商業ギルドに登録して、ここを基盤に一から出直すのもあり。

もしくは自分で馬車を購入して、旅から旅の【個人商隊《トレーダー》】をやってみるのもいいかもしれません。

まずは宿を押さえるのが先ということで、私は人の多い通りに向かい、宿の看板を探しました。

すると、通りに沿うように、【商業《しょうぎょう》ギルド認可《にんか》】という看板を下げた宿屋があちこちに見えます。

商業ギルド認可の看板は、その街の商業ギルドが認めた優良店であることを表しています。そこならば女性の一人旅でも安全。

その中でも雰囲気《ふんいき》のよさそうな宿を選び、さっそくドアを開けました。

「いらっしゃいませ」

「連泊希望なのですが。七泊でおいくらになりますか?」

「素泊まりは一日銀貨三枚銅貨五十枚。朝食付きなら銀貨四枚です」

「では、朝食付きでお願いします」

袋から銀貨を取り出して支払いを終えると、女将さんらしき人が鍵を渡してくれました。

「二階の手前、四号室へどうぞ。二階は女性のお客さんばかりですから、安心してください」

「ありがとうございます」

軽く会釈《えしゃく》して部屋へ。

そして荷物を下ろしてから、部屋に備え付けの【魔術金庫《まじゅつきんこ》】に貴重品を入れます。

宿屋が商業ギルドに登録するためには、この金庫を常設しなくてはなりません。

「さて。それじゃあ、明日のギルド登録の前に、街の中を散策してみることにしますか」

肩から鞄を下げて、そのまま外へ。

来る途中で見かけた広場に向かい、そこにある露店をのんびりと物色します。

「何かいいもの、ないでしょうか」

こういう時は、【商品知識】とか【鑑定眼《かんていがん》・なんちゃら】みたいな祝福《ギフト》があると便利なのですが、残念ながら私は持っていません。

唯一授かった【精霊魔術】の祝福《ギフト》だって、魔術など習ったことがないので使うことができません。

まあ、祝福《ギフト》に劣るとはいえ、私の修得した【商業一般《しょうぎょういっぱん》】スキルのように訓練したり勉強したりすることで後付けでスキルが身につくことはあるので、努力は惜しむべからずですが。

「ふぅん。ここは武器屋さんですかぁ」

「まあな。ここから東方、砂漠の向こうにある砂上楼閣都市《さじょうろうかくとし》から持ってきた逸品《いっぴん》だよ。買うのかい？」

「ちょっと拝見しますね？」

お店に並んでいる、装飾の綺麗《きれい》な短剣を手に取ります。

ですが、私には異国風の短剣の価値も、これに嵌められている見たことのない宝石の価値もわかりません。

と、その時。

『ピッ……覚醒《かくせい》条件をクリアしました。クリスティナ・フェイールに以下の祝福《ギフト》が与えられます。

【アイテムボックス】【万能鑑定眼《ばんのうかんていがん》】【異世界言語《いせかいげんご》】【アーレストの秘技《ひぎ》】』

「へ？」

頭の中に、何かが聞こえてきました。

思わず周囲を見渡すけれど、近くにいる人は……露店のおじさんだけ。

「あの、今、私に何か話しかけました？」

「いや？　特に何も……」

そう言って、露店のおじさんは水タバコを吹かし始めました。

それじゃあ、今の言葉は私の頭の中に？

（……まさか。鑑定眼発動）

『ピッ……綺麗な装飾の施《ほどこ》された短剣。フラットバレーダンジョンからの発掘品であり、装飾品として作られたもの。価値は金貨二十五枚』

頭の中に直接、声が聞こえてきました。

こ、これはまさか、本当に祝福《ギフト》を授かったのでしょうか？

慌てて周りの商品を見渡します。

（か、鑑定眼……頭の中じゃなく、視覚に効果を反映）

『装飾の施された腕輪、金貨二枚』『炎帝の守護指輪《フレイムガードリング》、金貨二百五十枚』『腕輪、銀貨十二枚』『短剣、銀貨五枚』……

頭の中ではなく、商品の真上に文字が浮かび上がって見えます。

「あの～。この指輪って、おいくらですか？」

炎帝の守護指輪《フレイムガードリング》を手に取り、値段を聞いてみると。

「あ～。炎の刻印が施されているけど、魔術効果も何もない指輪だからね。銀貨五枚でいいよ」

「……買います!!」

速攻で銀貨袋から銀貨を取り出して支払います。

これの本当の価値は金貨二百五十枚ですよ？　いいのでしょうか？

「ほい、毎度あり。他にもいい品があるから、見ていってくれな」

「あ、はい。ではあちこち見てから、また寄らせてもらうかもしれませんので」

そう告げてから、露店を後に……って、そうだ、【アイテムボックス】！

「ええっと。【アイテムボックス】!!」

――シュウッ！

私の手にしていた指輪が消えました。

そして目の前には、羊皮紙のような目録が浮かび上がっています。

これは確か【アイテムボックス】の機能の一つで、中に収納されているものの一覧を見られると聞いたことがあります。紙には炎帝の守護指輪《フレイムガードリング》という商品の名前が記されていました。

「なんだい、お嬢ちゃんも商人かい」

「は、はい。いいものが買えました。では失礼しますね？」

そのままスタコラサッサと露店を後にします。

やばいやばい、なんだか興奮してきました。ドキドキが止まりません。

「私、商人の欲しい祝福《ギフト》を三つも手に入れてしまいましたよ」

商人として成功するためには、【商品知識】、【アイテムボックス】、【言語解読《げんごかいどく》】の三つのスキルが必要です。それがあればどんな国に行っても、商品を適切な価格で買い取り、【アイテムボックス】に収納して旅することができるからです。

しかも、私が得たものは通常のスキルではなく祝福《ギフト》です。

通説では、祝福《ギフト》は通常の方法で得た同系統のスキルに比べ、格段に性能が優れているとか。

それに私の【アイテムボックス】は、中に収めた商品の時間停止が可能で収納力も無限大。

さらに【商品知識】の上位である【万能鑑定眼】、そして【異世界言語】まで手に入りました。

あれ、【異世界言語】？

【言語解読】じゃない？

【異世界言語】って、なんでしょう？

どうしよう、まだドキドキが止まりません。

何故突然、生まれながらにしてしか得られないはずの祝福《ギフト》を授かったのかはわかりません。

ですが、あれだけ望んでいたものが、簡単にいくつも手に入ったのです。

物事を割り切って考えるのが私の取柄《とりえ》。

ならば、存分にこの祝福《ギフト》を活用してやりましょう！

でも、正体がはっきりしない祝福《ギフト》が二つあります。

それは【異世界言語】と【アーレストの秘技】。

【異世界言語】は、おそらくは【勇者言語《ゆうしゃげんご》】と呼ばれている文字の解読能力だと思います。

あの複雑難解な文字体系の解読手段は現存していません。

何故かは誰にもわからないのですが、歴史の中から勇者言語の解読術は消失してしまったそうです。

そして、【アーレストの秘技】。

私は、これがなんの役に立つのか知っています。

母が持っていたシャーリィの魔導書。

幼い頃、それを読み解くためには、【異世界言語】と【アーレストの秘技】が必要なのだと母から教えられたことがあるのです。

何故、そのような書物を母が持っていたのかはわかりません。

幼い時から今日に至るまで、私はシャーリィの魔導書を開くことすらできませんでした。

「今なら、あの魔導書を読むことができるかも？」

こうなれば、宿まで急いで戻り、魔導書を確認しなくてはなりません。

急ぎ足で宿に戻って部屋の鍵《かぎ》をかけて。

金庫の中にしまっておいたシャーリィの魔導書を取り出して。

「開きますように……」

無意識のうちに表紙に手を当てて魔力を込めました。

すると、表紙の文字が眩く光り、カチッと音が聞こえました。

鍵でもかかっていたのでしょうか？

これは開くのかしら？

おそるおそる豪華《ごうか》な装丁《そうてい》の表紙に指をかけ、ゆっくりと開いてみると。

「え、開いた!!　……これは何でしょうか？」

最初は読めなかった文字が、じっと見つめるうちにだんだん読めるようになっていきます。

まずはこの魔導書がなんであるのか、それを知ることが先決です。

最初のページには、この魔導書についての取り扱い方が記されているようです。

『ようこそ、型録通販のシャーリィへ。これは異世界から商品を取り寄せることができる魔導具です。書物型百貨店、それがシャーリィの魔導書です』

伝説級の魔導具が来ましたわぁぁぁ。

焦《あせ》る気持ちを必死に抑え、ページを捲《めく》ります。

「つ、続きを……」

そのまま読み進めてわかったこと。

この本は通販型録という魔導書であり、中にさまざまな商品が、写真という魔導具によって映し出されているそうです。

その商品目録には、食料品、貴金属や宝石、日用品雑貨などの名前が書き記されています。

しかも、これは定期的に内容が更新されるらしく。

あ、ここのコーナーは季節限定ですか。

こっちはスポーツ用品？　こっちは薬？

「こ、これはなんでも手に入る魔導具なのでは？」

このシャーリィの魔導書の凄いところは、商品の説明文が異世界の言語によって記されているという点。

つまり、スキルを持たない人は読むことができないし、【万能鑑定眼】がなくては商品がなんなのかも理解できないのです。

「つまり、このお取り寄せ限定アイスクリームというのは、冷たくて甘い菓子なのですね？　これをくださいい‼」

――シーン。

何も起きません。

欲しいものが手に入るのではなかったのでしょうか？

いえ、もう一度、読み飛ばしてしまった説明をちゃんと読むことにしましょう。

「ふむふむ、まずはお金を入金すると。本の表紙の上に、お金を載せて『チャージ』と宣言……」

一旦、魔導書を閉じて、その上に銀貨が六十七枚入っている袋を載せます。

「チャージ！」

――シュンッ。

すると、中身が消えたかのように、袋がばさっと倒れました。

袋を手に取ると軽く、やはり中身は空っぽ。

そして表紙の右下に【チャージ：６７】という文字が浮かび上がっています。

つまり、銀貨一枚で一チャージのようで。

「では、次は……発注？　え、普段の仕事と同じなのですか？」

詳しく読んだ結果、欲しいものは専用用紙に記入して取り寄せる必要があるようでした。

では改めて。魔導書の後ろに挟まっていた発注書という羊皮紙に欲しいもののナンバーを書き、それを手に取って『注文』と叫《さけ》びます。

すると。

――コンコン。

誰かが扉をノックする音。

「はい、少々お待ちください」

慌てて魔導書をベッドの下に隠して扉を開くと、そこには奇妙な人が立っていました。

「失礼いたします」

純白のスーツに鍔広帽子《つばひろぼうし》。

そして綺麗に澄《す》んだ声。

私の身分を利用したいがために近づいてくる、下心満載な男性の下卑た声とは違います。

ええ、ここまでなら少しときめいてしまいそうですけど、鳥の嘴《くちばし》のような、奇妙な飾りがついた仮面をつけているので顔は見えません。

「あ、あの、部屋をお間違えでは？」

「いえ、こちらであっていますよ。はじめまして、型録通販のシャーリィから参りました」

「へ、型録通販の……シャーリィ？」

思わずチラリとベッドを見ました。その下にはシャーリィの魔導書が置いてあります。

「はい。フェイール様は初めてのご注文ということで、発注書を受け取るついでにご挨拶《あいさつ》と記念品のお渡しに参りました」

「発注書……って、これですか？」

先ほど記入した羊皮紙を仮面の男性に差し出すと、彼は笑顔で受け取りました。

「おや、これは都合がいいですね。ちょうど、この商品は馬車に積んでありますので、今すぐお持ちします」

深々と頭を下げてから、彼は階段を下りていきます。

慌てて窓の外を見ると、眼下に白い大きな馬車が停まっていて、そこから荷物を取り出している彼の姿がありました。

「う、うわぁ……本当に商人さんだったのですね」

そして部屋まで戻ってくると、荷物を部屋の中まで運んでくれて。

「こちらがご注文の品ですので、確認をお願いします。それと支払いはチャージと現金、どちらがよろしいでしょうか？」

「チャ、チャージでお願いします」

「かしこまりました。では、魔導書をこちらにご提示ください」

「はい、こうですか？」

私は魔導書を持ってきて、仮面の方に提示します。

すると、彼はその表紙に手をかざしました。

チーンと音が鳴ったと思ったら、表示される額がしっかりと減っています。

なるほど、これがチャージ払いというものですか。

「はい、支払いの確認が取れました。それでは今後ともよろしくお願いします。こちらは記念品と、今月の季節限定型録ですので、どうぞご利用ください」

記念品という小さな箱と新しい型録というものを手渡してから、彼は再び深々と頭を下げて部屋から出ていきました。

扉が閉まった音にはっとして、慌てて窓に近寄り外を確認すると、彼が乗り込んだ白い馬車はゆっくりと走り出し、そしてスッと消えました……消えた？

「……夢、じゃないですよね」

自分の頬をつねってみると……痛いです。

待って私、この箱の中身は、本当に型録通販の商品なのでしょうか？

急いで届けられた箱を開くと、中にはひんやりと冷たい小さな箱が入っています。

さらにその中には、小さな紙のカップに入ったアイスクリームというものが、全部で十六個も!!

もう一度チャージを確認すると、やっぱり十チャージ減って【チャージ：57】になっています。

「これ一つが銅貨六十二枚ちょっと？　高い……のかしら？　でも限定品だって書いてあるし、そもそもチョコレートってなんでしょう？」

鑑定眼の説明が長くて読みづらいですね……これは食べてみてから考えましょう。

あ、スプーンも付いていましたか。

なんでしょう、この透き通って軽いスプーン。

さっそくアイスクリームを一つ開けて、おそるおそる一口分を掬《すく》って口の中へ入れます。

――トローリ。

口の中でアイスクリームが溶けていきます。

ほろ苦さと甘さがほどよいバランスで、口の中に幸せが広がっていきます。

これはいけない、やめられない止まらない!!

もう一口、あと一口、おまけに一口。

そしてあっという間にカップの中身が空っぽに。

「はぁぁぁぁ。幸せ」

もう一つ食べようかしら……ってあれ、これって要冷凍って書いてありますけど。

冷凍？　あ、【万能鑑定眼】さん文字の解説ありがとうございます。

冷凍庫という冷たい場所で凍らせておかなくてはならないんですね？

急いで残りのアイスクリームを箱ごと【アイテムボックス】にシュート!!　時間停止指定をしたので、冷たく凍ったまま時間が止まるはずです。

「このシャーリィの魔導書は、本当に異世界のさまざまな商品をお取り寄せできるのですね？」

これはおそろしい魔導具です。

商人にとって、いつでもどこでも仕入れができる魔導具なんて、危険としか言いようがありません。

でも、よく見ると、お届けには数日かかることがあります、と書いてありました。

ふむふむ、そこには気をつけて発注しなくてはなりませんね……とはいえ。

「こ、これは失くしたらいけない……【アイテムボックス】にしまっておいた方がいいでしょうか？」

そのまま魔導書を【アイテムボックス】に収納しようとしたら、シャーリィの魔導書は指輪の中に吸い込まれてしまいました。この指輪に魔術的な効果があるなんて聞いていませんが？

「あれ、というかこの指輪、外れません……」

困惑していると、【万能鑑定眼】の文字が目の前に現れました。

『【アーレストの指輪《ゆびわ》】は、クリスティナ様と融合《ゆうごう》しています』

「え、融合？　もう外れないのですか？」

力を込めて指輪を引っ張りましたが、うんともすんとも言いません。

紛失の心配がなくなったのは助かりますけれど、指輪と融合って、大丈夫なのでしょうか。

……まあ、気にしてもしょうがありませんね。

それよりも、この魔導書はあまり表では使わない方がいいでしょう。

こんなに凄い機能、誰かに見られては大変です。

異世界の商品を取り寄せて売れば、いったいどれほどの利益を生み出せるのか……

「あ、あれ？　ひょっとして私、最強の商人になれるかも？」

これは楽しくなってきました。

この魔導書さえあれば、実家を超える大商会を経営することも夢ではありません。

「シャーリィの魔導書!!」

そう叫んで指輪から魔導書を取り出し、型録に記されているさまざまな商品を確認します。

今後は露店で色々なものを販売してみたいと思います。

そのためにも、魔導書の中の商品を理解して、売れそうなものを仕入れなくてはなりません。

「あ、そうだ、記念品……ってあれ、この箱はどうやって開けるのでしょうか」

記念品と言われて受け取った小さな木の箱。

でも、どこにも取っ手や蝶番《ちょうつがい》が見えません。これってなんでしょうか？　鑑定眼でも『記念品』としか表示されませんけど。

「う～ん、わからないですね。まあ、今はしまっておくことにしましょう。【アイテムボックス】」

【アイテムボックス】を開き、記念品をその中へ。

そして私は再び型録を眺《なが》めることにしました。

◇　◇　◇

ハーバリオス王国の中心にある王城。

その一角、巨大なベランダに広がる魔術陣の周囲で、宮廷魔導師と大司教が呪文を唱えている。

やがて巨大な魔術陣の中に魔力が集まると、空に向かって巨大な光の柱が伸びていく。

「……おお、これはまさしく、古文書に記されている【導《みちび》きの輝《かがや》き】ではないか‼」

魔術陣を見下ろせる場所で、国王のリチャード・ハーバリオス十四世が興奮気味に叫ぶ。

すると、傍に立つ賢者が、国王の言葉に静かに頷いて一言。

「はい。あれこそが、我が国を勝利に導く勇者を召喚した証《あかし》です」

「おお‼」

そして光の柱の中に、いくつかの影が見えてきた。

全部で四つの影、それがゆっくりと光の柱の中を降りてくる。

やがて地面に降り立った時、光の柱がスッと消え、四人の男女が姿を現した。

「……なあ、ここはどこだ？　どうして俺はここに立っているんだ？」

魔術陣の中の強面《こわもて》な男性が宮廷魔導師に向かって問いかけると、国王は高揚して立ち上がった。

「ようこそ、異世界の勇者たちよ。わしはこの国の国王、リチャード・ハーバリオス十四世である!!　君たちに頼みがあって我が国に召喚した。まずは話を聞いてもらえるだろうか」

魔術陣の中には、三人の男性と一人の女性。

四人は国王の言葉を聞いて、それぞれ違った反応を見せていた。

「異世界召喚とは……勤務時間中に理不尽かつ不条理なことを」

「なんだ、異世界って？　それよりも俺、撃たれて死んだと思ったんだけど」

「い、異世界召喚キタァァァァァァァ、ラノベの世界だ、これは夢じゃないよな？」

「ん～、異世界ってよくわかんないし。まあ、あーしは話を聞いてから考えるし」

そのまま四人の勇者は、国王の執務室に連れられていった。

◇　◇　◇

ここはシャトレーゼ伯爵領、交易都市メルカバリー。

商人の朝は早いもの。

日が昇ると同時に正門が開かれます。

やがて街の外にある畑で収穫《しゅうかく》されたものが、朝市に並べられるために次々と市場へ運び込まれてきました。

その後採れたて新鮮な素材を求めて、食堂や酒場の従業員が朝市に殺到《さっとう》するのは、どこの都市でも見かける光景。

その騒ぎが一段落した頃に、今度は装飾品や武具、日用雑貨の店が開店。

一方冒険者たちは早朝からギルドに詰めて、依頼が貼り付けてある掲示板を見ながら今日の仕事を探しています。

王都でもよく見た光景を、私は久しぶりに目の当たりにしていました。

――商業ギルドの中から。

「……はい、これで開業手続きはすべて完了です。登録屋号はフェイール商店、業種は露店商・個人商隊《トレーダー》で間違いはないですね？」

「ええ、間違いありません。商会としての登録に必要な固定店舗も従業員も持ち合わせていませんので、それでお願いします」

「かしこまりました。それでは、こちらが【登録章《とうろくしょう》】と商店登録証明です。紛失しないようにしてくださいね」

「ありがとうございます。それじゃあ、さっそく露店を開きたいのですが」

「それでは営業許可証も発行しますので、お待ちください」

露店の営業許可が出るのを待つ間に、私は受け取ったばかりの登録章を胸元に着けます。

これは商業ギルドに登録している証であり、商人は身につけることを義務づけられています。

これがないと商売をやってはいけないのですが、家事手伝いの子どもが内緒で露店を開いたりしているのはお目こぼしされている様子。

でも、大人が堂々と無許可で露店を開いていると、すぐに取り締まられるから注意が必要です。

ということで、私は露店の営業許可証を受け取ってから、露店を開くために教えられた場所へ向かいました。

露店を開ける場所の地図は営業許可証と一緒に受け取りました。

この地図に記されている場所ならどこに開いても構わないらしく。

つまり、早い者勝ちだそうです。

そして私は朝一番でギルドに向かい登録手続きをしていたので、場所争奪戦には出遅れたのですね。

「うん、やっぱり空いている場所は街の外れしかなさそうですね」

登録手続き中に、街の中心部のいい場所は押さえられていました。

この時間では、中心から少し外れた街道沿いの場所しか露店の場所は空いていないそう。

仕方なく目ぼしい場所を探しに向かいましたが、街の正門付近の街道沿いにぽつん、ぽつんとだけ場所が空いている程度でした。

「とほほ……まあ、いいところは早い者勝ち、これ真理！」

ということで、まずは場所の確保から。

空いている場所の一つに、私の登録章と同じマークの営業許可証を貼り付けます。

これで、この場所はフェイール商店の露店の場所となりました。

この許可証は貼った商人にしか外せない魔導具なので、置きっぱなしにしておけば明日もここで露店を開けるそうです。

「さて、今日はこの前決めた商品を発注しましょう」

先ほどギルドから下ろしてきたお金をチャージします。

【チャージ：20020】

すると、魔導書の表紙に記されているチャージ額が増えました。

では商品の仕入れを開始しましょうか。

型録通販のシャーリィ、その実力を今、見せてもらいます!!

そして発注書に欲しいものを書き込むと、羊皮紙を手に取り発注と宣言……あ、羊皮紙にある発注ボタンを押すだけでオッケーでしたか……

——ヒュンッ。

すると発注書が目の前で消えます。

前回はすぐに仮面の人が届けてくれました。

型録には数日かかることもあると書いてありましたけれど、何日で届くのでしょうか。

発注から四日後。

早朝から一応見回ってはいるんですが、なかなか露店用のいい場所が空く気配もなく。

商品が届くまでは特にやることもないんですよね。

ということで、私は毎日露店の場所に赴《おもむ》いては、のんびりと魔導書を開いて商品の確認をしていました。

気になったものは次々と発注書に書き込み、夕方にまとめて発注。

この四日間、同じことを繰り返しています。

そして今朝、いつものように露店で型録を開いていると、街道の向こうから見たことのある純白の馬車が走ってくるのが目に入りました。

「あの馬車は、型録通販のシャーリィの配達馬車。ようやく来ました!!」

やがて馬車が露店の前に到着すると、一人の男性が馬車から降りて来ます。

相変わらずの白ずくめの姿、そしてやっぱり素顔を隠すように仮面を着けています。

「お待たせしました、型録通販のシャーリィです。ご注文の品をお届けに参りました」

「ありがとうございます」

そして次々と馬車から箱を降ろしているのですが、私の目の前にはなんと、馬車の荷台の三倍の荷物が積み上げられています。

私も急いで検品を行い、次々と【アイテムボックス】に詰め込むこと三十分。

ようやくすべての荷物が【アイテムボックス】に収まりました。

「それでは、お支払いはどのようにいたしますか？」

「今回もチャージでお願いします、それで大丈夫なのですよね？」

「はい、問題ありませんよ。それでは魔導書の提示をお願いします」

その言葉で、私は彼の前にシャーリィの魔導書を差し出します。

そして仮面の方が魔導書に手をかざした時。

前回と同じようにチーンと音が鳴りました。

確認してみると、しっかりとチャージが減っています。

「それでは、本日はこれで失礼します。次の納品は一週間後を予定しておりますので、よろしくお願いいたします」

「ええ、わかりました。それではお気をつけて」

「はい。またのご利用を心よりお待ちしています」

先日のように深々と挨拶する仮面の方。

そして馬車は走り出し、スッと消えました。

そういえば、あの男性の名前を聞いていませんね。

今度会ったら、しっかりと伺《うかが》わないといけません。

「ふぅ。何はともあれ、これでようやく開店ができますね」

さっそく露店の準備です。

今届いた荷物の中に入っている綺麗な絨毯《じゅうたん》を広げ、その上に商品を陳列《ちんれつ》していきます。

「ええっと、次はこれと……」

私たちの世界では見たことのない衣類も購入したので、同じように注文していたハンガーラックというものに次々とかけていきます。

あとはハンカチやネッカチーフ、腕輪や指輪などの装飾品も並べて。

「そしてこれが、フェイール商店のおすすめの商品!!」

それはズバリ【時《とき》を刻《きざ》む魔導具《まどうぐ》】、すなわち時計。

これは勇者様が所持していた時間を計る道具で、教会や王城などでもこれを基に作られた魔導具が使用されています。

しかし、この時を刻む魔導具は、今では生産方法も術式も失われてしまい現存しているものが少ないのです。

それがなんと!!

シャーリィの魔導書の力で、色々な時計を仕入れることができました!!

これらを一つずつ並べて……いいえ、盗難防止のためにすべては出さないでおきましょう。

いくつかのサンプルを見やすいように箱に入れ、綺麗に並べて。

これで開店準備は完了です!!

「さぁ、フェイール商店の開店です!!　よろしかったら見ていってください」

元気よく叫ぶものの、ここは正門から入ってすぐの中央広場に通じる街道沿い。

しかも左右は民家。

そりゃあ、道行く人も立ち止まることなく通り過ぎていくわけでして。

「ん～。まあ、そうですよね。どこの誰ともわからない露店なんて、なかなか近寄ってもくれませんよね」

こうなっては持久戦しかありません。

のんびりとお客が来るのを待つことにします。

しばらくすると。

「へぇ、こんな外れで露店ねぇ。何か珍しいものでも売っているのかい？」

街に到着したばかりの馬車が、私の露店の前で止まりました。

そこから出てきた男性が、物珍しそうに商品を眺めつつ問いかけてきます。

「そうですね。異国のドレスやスカート、アクセサリーを専門に扱っています。あとはこれでしょうか？」

私は一つ一つ説明してから、最後に時計を入れた箱を取り出します。

置き時計、柱時計、腕時計。

銀の鎖のついた懐中時計というのもあります。

電池式というのは寿命があるらしいので、今回は少し高価ですが手巻き式というものを購入し揃えてみました。

「……ん、これはひょっとして……時を刻む魔導具か？　いや、こんな露店にそのようなものがあるはずはないよな。すまないが、これを鑑定させてもらって構わないか？」

「どうぞ。鑑定されて困るものは扱っていません」

扱っていない……はず。

【商品知識】系のスキルでは、そのものの価値はわかるけれど生産地とかは読めないはず、ですよね？

そしてドキドキしながら待つこと一分。

男性が慌てて馬車に戻っていきました。

「あちゃあ。信用されませんでしたかね」

少し落胆していたら、男性は金貨袋を手に再びこちらに走ってきます。

「この懐中時計とやらを買おう。値段はいくらだ？」

「ええっと。それは……金貨二枚です」

「そんなはずはないだろう？　少なくとも金貨二十枚の価値はある、本物の時を刻む魔導具じゃないか。さすがにこれを金貨二枚で購入したとなると、商人仲間から詐欺師《さぎし》呼ばわりされるからね」

ジャラッと金貨を二十枚手渡して、男性は私をじっと見てきます。

ここは、この商人さんのお心に感謝しつつ、金貨二十枚でお売りしましょう。

「あ、そうでした。隣の商品と間違えました。確かに金貨二十枚、お預かりしました」

「ありがとう!!　君はこの辺りで商売を？」

「はい、フェイール商店と申します。本日開店ですので、よろしくお願いします」

「わかった、また来る」

そう告げて、男性は馬車へ。

「そうですよね。つい仕入れ値の二倍、原価率五割で話してしまいました。商品価値を考えると、もっとすごいのですよね」

ここからは【万能鑑定眼】を駆使《くし》しつつ、私たちの世界での価値を付加した値段設定に直しましょう。

そして、鑑定眼を使って商品の価値をよく確認したところ。

「え？　魔術付与？　なになに？　なんですか？」

私が型録通販のシャーリィから取り寄せた商品には、すべてなんらかの魔術効果が付与されていました。これはおかしな効果がないかどうか確認しなくては、迂闊《うかつ》に販売することもできません。

一旦露店は終わりにして、まずは露店に並べてある衣料品や日用雑貨、これらを調べていきました。

結果から申しますと、衣類関係には【サイズ補正《ほせい》】【魅力上昇《みりょくじょうしょう》】【清潔感《せいけつかん》】【自動浄化《じどうじょうか》】【疲労軽減《ひろうけいげん》】のどれかがランダムに付与されています。

さらに、アクセサリー系には【自動解毒《じどうげどく》】【酒豪《しゅごう》】【舞踏《ぶとう》】などの効果が付与されているものがありました。

付与される数も効果もランダムで、最大三つ、最低一つ。

日用雑貨は【耐久性上昇《たいきゅうせいじょうしょう》】【頑丈《がんじょう》】【切れ味上昇《きあじじょうしょう》】などの、それぞれの雑貨の効果を高めるものが付与されています。

包丁なら【切れ味上昇】か【頑丈】が、ワインオープナーなら【熟成上昇《じゅくせいじょうしょう》】【まろやかさ上昇《じょうしょう》】などの味に関するものが。

この確認作業だけで午前中は終わり、教会の正午の鐘の音が鳴り響きました。

「うん、一つは自分用で持っていていいですよね？」

あまり華美《かび》でない腕時計を左手に着け、露店の荷物は最初に敷いた絨毯ごとまとめて【アイテムボックス】へ収納。

さて、お昼ご飯にしましょうか。

「今日は、どこで食べようかなぁ」

午後からは値段も変更しないといけませんし、しっかり休憩を取りましょう。

◇　◇　◇

「う～ん。確かここにいたはずなのに、今日はもう店じまいなのか……」

今朝、商用でこのメルカバリーに到着した時、私は不思議な露店を発見した。

見たことのない異国のドレス、装飾品の数々。

私の持つ【商品知識】スキルで、それらの商品の一つ一つが金貨一枚以上の価値があることがわかった。

それよりも驚くべきは、時を刻む魔導具が販売されていたこと。

それも、見たことのない形状で、携帯に便利な大きさだった。

試しにスキルを使って調べてみると、その価値は最低でも金貨二十枚から三十枚。

そのようなものが露店で売られていていいはずはない。一瞬盗品かと疑った。

しかし私も商人。

儲《もう》け話《ばなし》につながるのであれば、これを購入しなくてはならない。

そして何よりも、店主殿と懇意になるべきであると、私の商人魂が告げていた。

この街での仕入れ用に取っておいた金貨すべてで支払い、懐中時計というものを入手。

あとは商業ギルドでフェイール商店の情報を仕入れたのち、この街まで運んできた荷物をギルドに納品して仕入れ用の金を用意した。

それなのに。

急いで戻ると、露店はすでに閉店していた。

「はぁ。また明日来るとするか。それまでに、仕入れ用の金をもっと増やさなくてはな……商会資産を少し下ろすことにしよう」

懐から懐中時計を取り出して、針を見る。

それがちょうど午後一時を差した時、教会からもカラーンと午後一時を告げる鐘が鳴り響いた。

この懐中時計は本物だ。

しかも、寸分の誤差もない。

「これは、まさしく伝説の魔導具。フェイール商店とはいったい、何者なのだろうか……」

◇　◇　◇

――午後一時半頃。

「ふぅ～。満腹満腹。午後は昼寝でもしたくなりますね」

宿の女将《おかみ》さんのおすすめの店で、楽しいランチタイムを堪能。

午後からは細かい値付けをしてから食料品の販売ですよ‼

お取り寄せの果物とか、保存の利《き》く缶詰《かんづめ》？　というもの。

メロンというのもおいしそうでしたわね。

あとは菓子‼　型録に載っていたケーキというものも……あ、要冷蔵ですね。まあ、【アイテムボックス】の中は時間を止められますから大丈夫です。

そうだ、少しだけ切っておいて、試食してもらうというのはどうでしょう？

食べ物については特段、おかしな付与効果はないようですから、安心して売ることができますね。

さっそく呼び込みを開始します。

でも街道を行く人々はちらちらと気にかけてくれていますが、見たことのない露店に時間を取られるよりも馴染みの店に向かってしまうようで……悔しいです‼

「よし。それじゃあ……そこの君たち‼　いいものを食べさせてあげましょうか？」

「いいもの？　お菓子？」

「お金ないよ？」

「大丈夫大丈夫。これは試食だから、一口だけ無料ですよ」

近所の子どもたちを見かけたので、声をかけてみます。

一口だけ無料。

この殺し文句は、子どもたちにも通用しました。

「こっちの丸い菓子はシュークリームといってね、この褐色《かっしょく》の丸い粒はチョコレートっていうんですよ。あと、このチョコレートのかかった細長いのはエクレアで、これは……おはぎ？　っていう和菓子です」

どれも一口大に小さく切って、木を削《けず》ったスプーンのようなものに載せてあります。

それを木製のトレーに並べると、子どもたちの目の前に差し出しました。

「ふぅん、知らないお菓子ばっかりだな」

「あ、これは王都で見たことある!!　凄く高級なお菓子で、貴族の人しか食べられないんだよ？」

「へぇ。シュークリームは王都にもあったのですか。私は食べたことないなぁ……これ……は、いちごのショートケーキですね。いちごって……あ、この果物のことですよ、これも食べていいですよ、試食ですからね」

ワーッと殺到する子どもたち。

その騒ぎが気になったのであろう人たちが、あちらこちらから見てきます。

「うんまぁぁぁぁぁい!!」

「これ、すっごく甘くておいしい!!」

「ね、ね、こっちも食べていい？　こっちはまだ食べてない!!」

「はいはい。まだ食べてないものは食べていいよ!!」

子どものパワー、おそるべし。

一通りのスイーツを試食して、今はぼーっとしています。

うん、頭の中でおいしさを反芻《はんすう》しているようですね。

「ふわぁぁぁぁ。お父さん呼んでくる!!」

「私も」

「我も～、我も～」

元気よく子どもたちが、一斉に駆け出しました。

うん、商売の基本は『損して得取れ』です。

シャーリィの魔導書にも、商売のコツとして記されていました。

そして、先ほどまでの子どもたちを見ていた人たちが、おそるおそる近寄ってきます。

さあ、ここからは大人の時間です。

【アイテムボックス】から、次の試食用ケーキを取り出します。

「さあ、よろしければお味を見てください。味見用のケーキは無料です、お一人一口だけです!!」

「ふぅん。これ、子どもたちが嬉しそうに食べていたやつだよな？」

「はい、よろしければどうぞ!!」

少し強面の男性が、近寄って来て問いかけるので、トレーに載せた試食用ケーキを勧《すす》めます。

「ふぅん。これがねぇ……」

――パクッ。

おそるおそる食べて、そのまま腕を組んで考えています。

おじさんには、甘いものはダメだったのでしょうか？

そう考えていますと。

「これはしゅうくりぃむっていうやつか？　子どもたちがそう呼んでいたよな？」

「はい。お口に合いませんか？」

「四つもらおう。いくらだ？」

「一つ銀貨一枚ですので、銀貨四枚です」

スイーツとしては、決して安くはありません。

けれど、おじさんは財布から銀貨を四枚取り出して支払ってくれたので、私も【アイテムボックス】からシュークリームの入ったケースを取り出し、そこから四つを紙の箱に収めて手渡しました。

「はい、お待たせしました」

「うちのガキどもに、いい土産になる。明日もいるのか？」

「ええ、在庫がある限りは、ここで販売していますね」

「そうか、それじゃあまた明日」

手を振って立ち去るおじさん。

その様子を周りで見ていた大人たちが、試食品に殺到。

「ねーちゃん、このしゅうくりぃむっていうのを十個だ!!」

「こっちはえくれあ？　とかいうのを五個。あとは……」

「はい、少々お待ちください。っていうか、並んでください!!　そこ、試食品は持ち帰らないように!!」

　ここから先は、商人のターン!!

【アイテムボックス】には在庫は一杯ありますけど、すべてを今日で売り尽くすつもりはありません。

　子どもたちも欲しがりそうですし、何よりも次の仕入れまで時間がかかりますので。

すべて買い占めようとしている商人さんがいらっしゃいますので、ここは個数制限をしなくてはなりませんね。

「誠に申し訳ありません。フェイール商店の商品につきましては、お一人様五品までとさせていただきます。買い占めは禁止ですので、ご了承ください」

「なんだって、一人五品かよ……」

「待て、待ってくれ、五品というのなら考え直す……」

「同じ商人のよしみで、仕入れということでなんとか……頼む」

　突然の個数制限で、お客さんたちは何を買うべきか熟考し始めました。

　まあ、明らかに大量仕入れを目論《もくろ》んでいた商人さんたちはグヌヌという顔になっていますが、ここは譲《ゆず》れません。

そして夕方には、今日販売分のスイーツは完売しました。

「誠に申し訳ありません、本日分は完売しました。また明日ご用意しますので!!」

「そうか、それじゃあ仕方がないなぁ」

「また明日来るからな」

「じゃあな」

品切れと言えば文句を言う人もいると思いましたが、今日は皆さん笑いながら帰ってくれました。

さて、明日はどうしましょうか。

◇　◇　◇

——数日後の夕方。

「ふう……酒場のやつらの話では、ここで見たこともない商品を売っているということだったのですが」

交易都市メルカバリーの領主であるシャトレーゼ伯爵。その第一執事のローズマリーは、街に流れている奇妙な噂《うわさ》を聞きつけていた。

曰《いわ》く。

伝説の勇者の魔導具が売られている。

異国のドレスが売られていたが、その素材は不明である。

王都でも滅多にお目にかかれない菓子が売られている。

国宝級のような宝石が散りばめられたアクセサリーがある。

聞けば聞くほど、信じがたい話だ。

そんな御伽噺《おとぎばなし》に出てくるようなものがあるはずがない。

――酒場にいる吟遊詩人の戯言《ざれごと》でも信じた者がいるのでしょうか？

ローズマリーは情報の出どころを確認し、件《くだん》の商人がいる場所を訪れたのだが。

時間が悪かったのか、それともガセネタであったのか、路地裏を覗《のぞ》いても商人の姿はどこにもない。

「いませんね。しかし、商業ギルドの話では、確かにここでフェイールという商人が露店を開いているということだったはず」

ギルドから受け取ったメモの情報は確かだ。

だが、ここ最近は姿が見えず、かと言ってメルカバリーを出たと言う話もないという。

「お、そこの姉さんも、クリスちゃんの露店目当てか？」

「クリスちゃん？　ここで露店を出していたフェイール商店の責任者の方はクリスというのですか？」

通りすがりの冒険者らしい男性が、ローズマリーに声をかけてきた。

「あ～、そうだよ。そういえば、フェイール商店ですって自己紹介していたような。確か、明日か明後日までは休みとか話していたな」

「なんですって？　それはまた、どうしてですか？」

「品切れって話だったよ。主力商品の菓子やドレスがすべて売り切れ状態。目玉商品の時を刻む魔導具は高すぎて売れないらしく、来る客すべてが菓子を求めてくるからって、休みにしたらしい」

「はぁ、そうでしたか。それでは仕方ありませんね……ありがとうございました」

これは出直すしかない。

ローズマリーは、主人であるスミス・シャトレーゼ伯爵によき報告ができないことを残念に思いつつも、帰路につくことにした。

◇　◇　◇

「あと二日。それで商品が到着する……」

初日の売上を見て、もう少しこの街で商売を続けようと滞在日数を伸ばしたはいいものの。

まさか、開店して三日ですべての商品が売り切れるなんて。

おかげで初日に仕入れたアイスクリームと時計以外は完売ですとも。

ですが予想外の売り上げにほくほく顔でいられるほど、私は甘くありません。

商人が、商品がないという理由で店を休む羽目になったのですよ？

これは明らかにミスです。

「はぁ。もう少し追加しておきますか。少なくとも、スイーツ系はこの前の二倍……は注文したので、あと二倍追加で……それと、ドレスも注文がありましたよね」

シャーリィの魔導書を開き、後ろのページに挟まれている発注書を取り出して……って、え、最後の一枚？

これは予想外でした。この数日で注文書の在庫が切れるほど発注していたとは。

しかし、この街の住民だけでなく、冒険者、果ては遠方から訪れた同業者まで購入しに来るのはどういうことでしょうか。

まさか、私から買い取ってどこかで高く売るとか？

勇者語録にあった悪徳商人のテン・バイヤーさんですね？

まあ、それも商人の在り方の一つですから気にはしません。

けれど、あまり気持ちのいいことではありませんよね。

「まあ、それは悔しいけどいいでしょう。別に違法行為じゃないし、売った商人の評判が落ちるだけ……でも、どうしようかな」

街外れの露天商である私は、この街の他の商人に軽く見られています。

宿の食堂でも、こっそりと仕入れ先を教えてほしいとか、菓子の作り方を教えてほしいなどと話しかけてくる商人もいらっしゃいました。

もちろん、おいそれと教えることなんてできません。

けれど、そうなると今度は文句を言ってくる人がいたりして、大変だったのですよ。

「うん、この街ではそろそろ限界ですね。次の仕入れが終わった翌日にでも、メルカバリーでの露店は閉めましょう」

そうなると、次はどこに向かいましょうか。

ここメルカバリーは、ハーバリオス王国でも南方。

温暖な気候のハーバリオスも、メルカバリーまで南下すると暑くなってきます。

特にこの時期は気温が高くなりがち。

試食品を出していると傷んでしまう可能性があります。

ここから先、さらに南方に向かうのなら試食については短時間のみとして……いやいや、あの試食でこんな事態になったのですから、もう少し自重しなくては。

「はぁ。次の街では気を付けよう……」

そう自分に言い聞かせつつ、今日はもう寝ます。

明日も、食事の時間以外は部屋に引きこもらないとならないのですよ。


二日後の早朝。

私は白い馬車から降ろされた荷物を、次々と【アイテムボックス】に移動させています。

型録通販のシャーリィの配達馬車がやってきたのは三十分前、まだ露店に向かう前でしたので宿の前での受け取りとなったのですが。

荷物が多すぎます。

「さ、さすがにこの荷物は部屋まで運べませんよね？」

「ええ。それで、馬車の傍で、【アイテムボックス】に収納していただきたかったのですよ。おかげで助かりました」

相変わらず、男性の顔は仮面で見えません。

そして、馬車の周囲では、私たちを見ている大勢の人。

『はい、そうです仕入れです、今日は午前中だけ露店を開きますのでご期待ください』

そう心の中で叫びつつ、荷物を収納しているのですけれど。

「あの、仮面の方……」

「ああ、私はペルソナと申します。お気軽にお呼びください」

「ではペルソナさん。これだけ大勢の人に納品を見られていたら、あなたのところに直接、取引の話を持ってくる人もいそうですよね？」

「いえ。それはありえませんね。型録通販のシャーリィと取引できるのは、シャーリィの魔導書の契約者だけなのです」

そう言いながら、人差し指を自分の口の前で立てています。

惜《お》しい、素顔が美形でその顔が見えていたら、そのポーズはレディキラーだったかもしれません。

でも、その怪しい仮面があなたの外見評価に五十点マイナスしていますよ。

しかし、声だけ聞いていていても格好いいですから、なんとなく悔しいです。

そんな雑談を交《まじ》えつつ検品を行い、収納タイムも終わりました。

「では、今回のお支払いはどうなさいますか？」

「いつも通り、チャージでお願いします」

シャーリィの魔導書を取り出し、それを提示すると。

小さな音と同時に、魔導書のチャージが減っていきました。

「いつもご利用、ありがとうございます。こちらは新しい発注書と、明後日から使用できる追加の型録です。あともう少しでレベルアップですので、頑張ってください」

ペルソナさんは口角を上げ、私に発注書と新しい型録を手渡してくれました。

その型録と発注書をシャーリィの魔導書に挟み、私はペルソナさんに話しかけます。

「あの、レベルアップとは、どのようなものなのでしょうか？」

「簡単にご説明しますと、型録通販のシャーリィには、会員レベルというものがありまして。購入金額が一定額に到達すると、会員レベルが上がり、専用の特典や恩恵を得られるようになります。フェイール様の場合、次のレベルに到達したら【即日発送《そくじつはっそう》】というコマンドが使えるようになります。配送料が別途かかりますが、昼までにご注文いただけましたら、その日の夕方にはお届けに参りますので」

「なるほど。レベルごとにどのような恩恵が得られるかは、やっぱり内緒ですよね？」

そう問いかけましたら、やっぱり口元に人差し指を当てて笑っています。

「それでは、型録通販のシャーリィをご利用いただき、誠にありがとうございました。次のご注文を心よりお待ちしています」

いつも通りの深々とした礼。

そしてペルソナさんは、馬車に乗って走り出します。

そして、普通に商人が仕入れをしていたのを見ていたかのように、周りの人々は日常へと戻っていきました。

「ふぅ。それじゃあ、露店に向かいますか!!」

メルカバリーでの最後の販売準備を始めましょう。


――ガヤガヤガヤガヤ。

「はーい、はい、本日は品切れとなります。大変ありがとうございました!! フェイール商店は本日が最終日ですので、次にメルカバリーを訪れた時にもまたご贔屓《ひいき》に、よろしくお願いします!!」

本日分、完売。

そしてお客さんたちに感謝の言葉を。

今日で最後と聞くと、皆さん残念そうに露店を後にしています。

予備に取っておいたドレスは、本日が最終日ということで同業者さんたちが大量購入。初日に売れなかったので仕入れ数も抑えていたし、不良在庫になるぐらいならと衣類は個数制限の枠をとっぱらってすべて売り飛ばしました。

ケーキはまあ、余裕を持って販売していたので少し残っていますし、日用雑貨も、あと三日ぐらい続けても問題ないレベルで在庫はありますけれど。

ああ、子どもたち、泣かないで。

また必ず来るから、だから、ね、泣き止んでね。

そんな感じで露店を片付けて、商業ギルドに露店の許可証を戻しに向かおうとした時。

――ガラガラガラ……ガチャッ。

私の目の前に、豪華絢爛《ごうかけんらん》な馬車が一台止まりました。

その扉に刻まれているのは、このシャトレーゼ領の領主の家紋じゃないですか。

そして扉が開き、中からスーツ姿の見目麗《みめうるわ》しい女性が降りてきました。

「はじめまして。私はシャトレーゼ家で第一執事を務めています、ローズマリーと申します」

金髪ショートカットの女性。

スラリと背が高く、背筋はシャキーンと伸びています。

元実家のアーレスト家の家宰《バトラー》さんはとても腕のいい方でしたけど、こちらの方もなかなか敏腕《びんわん》そうですね。

「は、はい。はじめまして、クリスティナ・フェイールと申します」

静かにカーテシーでご挨拶。

すると、ローズマリーさんが手を顎《あご》に当てて、何かを考えています。

「失礼。フェイール様は、貴族の方でいらっしゃいますか?」

「私は貴族ではありません、元貴族です。家名については事情により申し上げることができませんので、ご了承ください」

「そうでしたか。さて、単刀直入に申し上げます。我が主、スミス・シャトレーゼがフェイールさんとぜひ、お会いしたいということです。よろしければ、これからお時間をいただけますか？」

はい、これは断れません。

問答無用に連れていくのではなく、お時間をいただきたいと。

上から目線ではなく、あくまでもお願いと。

これを断ることなんて、私にはできません。

「私は明日には、この街を離れます。それでもよろしければ、今から少しでしたら」

「かしこまりました。では、こちらへどうぞ」

そのまま馬車に揺られて、私は街の北にある伯爵家の屋敷へ連れられていきました。

すごく大きく、それでいて……頑強なイメージのお家です。

私の記憶ですと、シャトレーゼ家は王都軍務局を牛耳る貴族でした。私も父に連れられて何度かパーティでお会いしたことがあった……かもしれません。

まあ、幼い時でしたし、覚えていなくても仕方ありませんね。

「はじめまして。私がスミス・シャトレーゼだ」

はい、よく知っているおじ様でした。

五年ほど前にパーティでお見かけした方で、アーレスト商会本家のお得意様でもありました。

「はじめまして。クリスティナ・フェイールです」

余計なことは言わず、丁寧に挨拶をしておきます。

「まずは座ってくれ。実は、フェイール商店に頼みがあって、呼び立ててしまった。本来なら、私自ら伺うべきだったが、執務が少々滞《とどこお》っていてね」

「いえいえ、領主様がお忙しいのは承知しておりますので」

「では、さっそくだが本題に入らせてもらう。実は、私にはもうすぐ十六歳になる娘がいてね。そう言えば、ご理解いただけるかな？」

十六歳、つまり成人。

そして貴族の娘ということは、社交界デビューが目前のはず。

つまりは……

「デビュタントパーティですね？」

「ああ。その娘のために隣国の服飾職人にドレスを特注していたのだが、わが国に到着する直前に盗賊に襲われたらしく……命は無事だったが、荷物はすべて奪われたそうだ。それで今から注文をし直したとしても、到底間に合いそうにないのだ」

「そうでしたか……」

ん？　特注のドレスが手に入らない？

あれ？

「そこで、どうにか国内の服飾職人に問い合わせて、娘のデビュタントまでにドレスを新調できないか頼んでみたが、どこも手一杯でね……」

「なるほど。そのデビュタントはいつなのですか？」

「四日後だ。散々手を尽くしたが、もう時間的に間に合わず……それで、異国のドレスを取り扱っているフェイール商店に、娘のドレスを用意してほしいと考えたのだ」

――ドキッ。

「ドレスですか。少々お待ちください。【アイテムボックス】!!」

――シュッ。

目の前に、【アイテムボックス】の中に収めている商品の目録が浮かび上がります。

それを手に取り、一つ一つ内容を確認。

すべて確認しましたが、やっぱりドレスは完売していました。

「……誠に申し訳ございません。生憎《あいにく》と異国のドレスの在庫は切らしていまして」

目録の記された羊皮紙を横に置くと、スッと消えていきました。

私の手から離れると、この目録は消滅するようです。

「そうか。いや、最後の望みと思い、どうにか頼みたかったのだが……わかった。面倒をかけたな」

「いえ、こちらこそお役に立てなくて申し訳ございません」

丁寧に頭を下げる伯爵。

いやいや、貴族がそんなに簡単に頭を下げないでください。

「あと少し早ければ、まだ在庫があったのですが。ただ、夕方前に大量に購入された商人の方がいましたので、露店か商業ギルドで探してみるといいかもしれません」

「それは本当か!!　ローズマリー、急いで手配を」

「はい、では失礼します」

判断が早い!!

そしてフットワークが軽い。

こうなると、私の仕事はなくなりますよね。

「それでは、私は明日の朝に次の街に向かいますので。これで失礼します」

「そうか。当家のメイドや執事たちも、そちらの商品を購入したそうで、実に楽しそうだった。また、この街に来てくれたまえ」

「はい」

これで私とシャトレーゼ伯爵の話はおしまい。

帰りは送ることができないと謝られたけど、宿は街の中心部にあるし人の目もありますので、そこまで危険ではありませんと伝えました。

あとは宿に戻ってゆっくりと身体を休めたいのですけれど、気になりますね。

娘さんのデビュタントでしょう?　それが失敗なんてしたらシャトレーゼ伯爵家の体裁が悪くなりますし、娘さんも傷ついてしまうはず。

今後のことを考えますと、娘さんがかわいそうです。

私の時は……半年前ですか。

あ〜、母の死後三年が経過し、ようやく立ち直ってきたところでのデビュタント。でも、それすらローゼ様が邪魔してくれたのでした。

おかげさまで娘さんのことが気になって、夜も眠れなくなりましたよ。


――チュンチュン。

朝です。

はい、ほとんど眠れていません。

もう、気になって気になって。

朝食を食べていた時も、あまり味を感じませんでした。

「シャトレーゼ伯爵、ドレスを手に入れられたのでしょうか」

私にできることはないかと、昨晩はシャーリィの魔導書を隅から隅まで読み込みました。

それはもう、何度も何度も。

その中で、意味不明な箇所が見つかったのです。

朝食を食べ終わって部屋に戻り、シャーリィの魔導書を開きます。

急いでページを捲って目的のページにたどり着くと、その一番下に記されている文字を再度、読んでみます。

『ご意見・ご要望がありましたら、こちらまで。

サポートセンター○○○―○○―○○○』

サポートセンターとは何か!!

わかりません!!

試しにその部分を指でなぞってみますと。

『サポートセンター：お客様からのご意見、ご要望を伺う窓口』

このように、文字が浮かび上がってきました。

【万能鑑定眼】さん、ありがとう。

さっそく、サポートセンターの文字の後ろのマークをなぞり、ペルソナさんに語りかけてみます。

「ペルソナさん。お願いがあります」

——シーン。

うん、そんな簡単に連絡が取れるはずがありませんよね。

【念話《ねんわ》】という便利な連絡手段が勇者の時代にはあったそうですが、今は失われた【古代魔術《こだいまじゅつ》】です。

私にはそんな魔術が使えるはずがありません。

私の授かった祝福《ギフト》は【精霊魔術】で、【古代魔術】ではありませんから。

——コンコン。

そんなことを考えていると、誰かが部屋の扉をノックしました。

まさか……

「フェイール様、ペルソナです。サポートセンターからこちらに伺うようにと指示がありましてやって参りました」

「はいはい、はーい!!　今開けますので」

急いで扉を開けてペルソナさんを室内に迎え入れ、椅子に座ってもらい私はベッドに腰かけます。

「いきなりサポートセンターをご利用とは、何かありましたか？」

「はい、実はですね」

カクカクシカジカと、シャトレーゼ伯爵の件を包み隠さず説明しました。

すると、ペルソナさんは顎に手を当ててうんうんと唸っています。

ますますイケメンオーラが漂っているように感じますけど。

やっぱり仮面が邪魔ですよね〜。

「確かに、私としても対応したい事案ではありますが、残念ながらルールはルール。まだ型録通販会員レベル1のフェイール様では、即日発送コマンドは使えません」

「そこを何とかなりませんか!!」

必死に頭を下げる私。

だって、このままでは娘さんが可哀想じゃないですか。

「ええ。そこでですね、助け舟を出しましょう。フェイール様が型録通販会員レベル2になるためには、あと金貨二十四枚分の商品をご購入していただく必要があります」

「ふむふむ」

「そして、私は急ぎでやってきたので、先ほどキャンセルになってしまった商品を積んだままなのですよ。これを今、購入していただけるのならば、フェイール様の型録通販会員レベルは2になります。本日から即日発送コマンドが使用可能になりますので、正午までに発注していただければ夕方には配達となりますよ」

「そんな素敵な裏技が！」

私は思わず、ペルソナさんの手をとっていました。

あ、裏技っていうのは、勇者語録にある、正攻法ではない手段のことを指すそうです。

勇者語録は街の書店に普通に売っていますので、気になりましたら購入してみてください。

「はい。今、手持ちの商品は、青磁《せいじ》の皿が十枚とペット用品なのですが」

「青磁？　ペット用品？」

「まあ、有名工房が作った高級な皿と、テイマーが使う動物用の手入れ道具と特殊な餌《えさ》と言えば、ご理解いただけますか？」

な、なるほど。

この国にも、王宮御用達の食器を用意する工房はあります。

青磁の皿とやらも、そういうところで作られたものなのですね。

そしてテイマーが使う道具と餌!!

私にはわからないものですが、冒険者なら使い道がわかるかもしれませんね。

「買います!!　まとめてすべて買います!!」

「ありがとうございます。それでは、商品をお持ちしますので少々お待ちください」

ペルソナさんが部屋を出てから十分後。

彼が大きめの箱をいくつも部屋に運び入れてきました。

私は中身を確認してから【アイテムボックス】に移し、いつものようにチャージで支払います。

――チャラリラリ～ン。

するとシャーリィの魔導書が輝き、表紙の【Ⅰ】という文字が【Ⅱ】に変化しました。これが会員レベルなのですか。

「それでは、またのご利用をお待ちしています。お急ぎの場合は、注文書の即日発送をチェックしてください。先ほどのご説明通り、午前中の注文でしたら、夕方にはお届けしますので」

「ありがとうございます。これで、シャトレーゼ伯爵も安心できると思います」

「それは何より。では、失礼します。今後とも、型録通販のシャーリィをよろしくお願い申し上げます」

ペルソナさんは頭を下げて部屋から出ます。

それを見送ろうと私が追いかけても、すでに彼の姿はありません。

外で馬の嘶《いなな》きが聞こえたので窓を覗くと、白い馬車が遠くへと走っていくのが見えました。


――ペルソナさんとお別れして。

私は急いでシャトレーゼ伯爵の元へ向かいました。

すぐに第一執事のローズマリーさんが応接間へと案内してくれて、シャトレーゼ伯爵も間を空けずやって来てくれました。

「伯爵様には、ご機嫌麗しく」

「ああ。今日はどうしたのかね？」

口調は穏やかですが、顔色が悪く疲れが溜まっているように見えます。

「お嬢様のドレスの件ですが、商人から購入できたのか気になっていまして」

「残念なことに、間に合わなかった。フェイール商店で商品を購入した商人たちは、その足ですぐに王都へ向かったそうだ」

「そうでしたか……」

やはり間に合わなかったのですか。

その後も色々と手を尽くしたのでしょう、かなり憔悴《しょうすい》しているように伺えます。

では、その悩みは、フェイール商店が解消して差し上げましょう。

「実はですね……フェイール商店にドレスを卸《おろ》してくれている職人さんと連絡がつきまして。既製品でもよろしければ、明日の朝までには異国風のドレスをご用意できるかと思います」

――ガバッ!!

私の言葉の意味がすぐに理解できたらしく、伯爵様は椅子から立ち上がって私の近くに駆け寄ってきます。

「それは本当か？」

「はい。今からデザインを受け取って仕立てることはできませんけれど、既製品であればある程度の数はご用意できます。その中から、お嬢様の気に入ったものを購入していただければと思います」

「頼む、あと三日しかないのだ。間に合うと言うのなら、君の望みを叶えてやる!!」

「ま、まあ、落ち着いてください。望みの話は置いておくとして、お嬢様の体形を確認したいのですが、お会いすることはできますか？」

その問いかけに、ローズマリーさんが部屋から出ていくと、数分後には件のお嬢様——マルガレート様を連れてきてくれました。

そして伯爵が私のことを説明しましたが、マルガレート様は半信半疑のご様子。

「あの、本当に間に合うのですか？」

「はい。フェイール商店を信じてください。ですがその前に、お嬢様の採寸をさせてもらいたいのですが、よろしいですか？」

「はい。お願い……します」

マルガレート様は私の言葉におずおずと頷きます。

うん、庇護欲を誘ってくれますわ。

さて、型録通販のシャーリィの衣類には【サイズ補正】の効果が付与されているものが多くありますが、それらがなかった場合の対応としてサイズを確認する必要はありますので。

「では、どこか別の部屋で。お父様の前では恥ずかしいですよね？」

そう問いかけると、コクコクと頷いています。

そうしてローズマリーさん立ち会いのもとで、マルガレート様の採寸を完了。

伯爵に挨拶をして、宿屋へレッツゴー。伯爵様の力になると決めた時に、さらに延泊の申請をしていたので、部屋はそのままです。

「ドレスは……うーん。どれもいいですよねぇ……サイズはわかったので、ここからは数を揃えて勝負しますか!!」

型録には銀貨二十枚とか六十枚とかの安いドレスもありますけど、伯爵家令嬢にそのような安物を売りつけるわけには行きません。

いや、安物でもないですよ、この写真を見る限りでは、縫製もしっかりしていますし。

しかしデビュタントパーティに着ていくにはいささか地味。

よって今回購入していただくものは、最低でも金貨一枚以上!!

さまざまなデザインのものを取り揃えており、靴もアクセサリーも一通りあります。

こう見えても、私も元は侯爵令嬢、審美眼は十分に鍛えられていますので。

そして四枚分の発注書を仕上げると、急いで発注です。

しっかりと即日発送コマンドとやらも使いますと、発注書がスッと消えました。

「あとは夕方まで待つしかありません。ペルソナさん、よろしくお願いします」

神に祈りつつ、私は装身具の在庫の中からデビュタントに使えそうな商品をピックアップ。

こちらも用意して、ドレスの納品の後で売り込むことにしましょう。

——カラーンカラーン。

夕刻六つの鐘が鳴り響いています。

私の腕時計も六時を指していますね、うん、ピッタリ同じ時間。

「ふう、さすがは異世界の魔導具ですね。時間の狂いもありません」

そして宿の前に、黒い馬車が停まりました。

扉の紋様はシャーリィの魔導書の扉絵と同じですが、色がいつものペルソナさんの馬車の色とは異なります。

——コンコン。

「はい、どうぞ」

「失礼します。型録通販のシャーリィです、ご注文の品をお届けに参りました。こちらは受取証書ですので、検品後にサインをお願いします」

あれ？

ペルソナさんじゃありませんね。

黒いドレスの女性です。

でも、ペルソナさんと同じ鍔広帽子をかぶっていますね。

仮面は着けておらず、端整な顔立ちの女性です。

急いで検品のために馬車に向かい、確認後に荷物を【アイテムボックス】に収めると、受取証書にサインをしてチャージ払いで支払いも済ませます。

「ペルソナさんはいらっしゃらないのですか？」

「ええ。即日発送はこの私、クラウンが担当となりますので、よろしくお願いします」

なるほど。

部署《ぶしょ》が違うのですね、わかります。

「はい、こちらこそよろしくお願いします」

「……ペルソナの方がよろしければ、そう担当に伝えておきますけれど」

ニマニマとクラウンさんが笑っていますが。

そういうことではありませんので、誤解のなきように。

「いえいえ、そんなことはありませんよ。これからもよろしくお願いします」

「かしこまりました、それでは失礼します。次回も型録通販のシャーリィのご利用をお待ちしています」

「はい、ご苦労様でした」

頭を下げて馬車を見送ります。

まったく、クラウンさんはなかなか楽しいお姉さんでいらっしゃるようで。

さて、無事に納品も終わりましたので最後の仕上げといきましょうか!!


——翌日昼前。

私は最終チェックを終わらせて、シャトレーゼ伯爵家に向かいました。

正門でローズマリーさんをお呼びして、応接間で待つ伯爵の元へ。

「おお、君か。どうかね？　ドレスは間に合いそうか？」

「はい。まずはこちらをご覧ください」

【アイテムボックス】から、背の高いハンガーラックを二つ取り出して並べます。

そこに異国のさまざまなドレスが二十着ずつ、合計四十着ほど吊ってあります。

よりどりみどりですね。

「こ、この短時間にこれほどの数を揃えられるとは」

「はい。これがフェイール商店の底力です。あとはお嬢様に選んでもらうだけです。こちらのケースには靴が、こちらにはアクセサリーをご用意しました。すべて値札がつけてありますので、よろしくお願いします」

この準備に時間がかかったのですよ。

値札を作って、ドレスに合う靴を箱に詰めて。

アクセサリーは【ジュエリーボックス】という綺麗な装飾箱を購入しておいたので、そこに並べてあります。

さあ、あとはマルガレート様がどれを選ぶか。

「では、マルガレート様をお呼びします」

「うむ」

静かに頷く伯爵。

そしてマルガレート様が到着するまでの間、伯爵は私が用意したドレスやアクセサリーを見て、時折、目を丸くしていました。値段は【万能鑑定眼】で正確な価値を出して付けたので、結構お高めになっていますよ。

「……ドレスは一着なら、いや二着は必要か……靴やアクセサリーもねだられてしまうと……」

ドレスを見ながらブツブツと呟いていますが、視線はチラッチラッと値札に向いています。

——ガチャッ。

そしてマルガレート様が室内に入ってきて。

「きゃぁぁぁぁぁぁぁ」

はい、黄色い声をもらいました!!

「お父様、これを全部買ってください」

「い、いや、それは駄目だ。デビュタントに必要なものだけを……一着とそれに合わせた装飾品だけにしなさい」

「せめて三着……駄目ですか?」

目をウルウルとさせながら、伯爵におねだりするマルガレート様。その技を使うには、あと二年ほど待った方がよろしいのでは。

「クッ、わかった。三着選びなさい」

「ありがとうございます!!」

マルガレート様が伯爵様に抱きついて頬にキッス。

仲がよくて羨《うらや》ましいことですね。

そしてマルガレート様はローズマリーさんと話をしながら、ドレスの選定を始めました。

私は伯爵に呼ばれて、近くのソファーに座ります。

「今回は本当に助かった。しかし、この短時間でよくこれだけの量を揃えられたな」

「まあ、私は商人です。ちょっと無理を言って、他に回されるものをこちらに寄越してもらいました。ですので、手を煩わせてしまった分、値段が張っていると思っていただけると幸いです」

「高い買い物だが、娘の晴れ舞台と考えると安いものなのかもしれんな」

伯爵様が笑いながらそう呟いていると。

――ガチャッ。

扉が開いて女性が入ってきました。おそらくは奥様ですね？

「あなた。こちらの商人さんを私にも紹介していただけませんか？」

「ああ、そうだったな。フェイールさん、彼女は私の妻のシルヴィアだ」

「クリスティナ・フェイールです。よろしくお願いします」

「シルヴィア・シャトレーゼです。ところで一つ聞かせてもらいたいのですが」

気のせいか、シルヴィア奥様の瞳がキラーンと輝いたような。

「はい、どのようなことでしょうか？」

「あそこにあるドレスは、娘に合わせたものですわよね？　私に合うサイズのものはありまして？」

――ガタッ。

あ、伯爵が椅子から落ちました。

「またお前は無茶なことを」

「はい、在庫はございますよ。お嬢様用よりも数は少ないのですが、ご用意してあります」

実は、ここまで計算済み。

一人娘が着飾っているのを見て、購買欲をそそられない女性はいません。

散々アーレスト家で見てきましたからわかっています。

そして顔色が悪くなる伯爵をよそに、私は新たに二十着のドレスが吊られているハンガーラックと靴を用意しました。

ちなみにアクセサリーは先ほどと同じものです。

「な、何故、妻の分まで用意しているのだ？」

「ええっと、お嬢様の分だけご用意しますと、奥様が羨ましがられるのではと思いまして。ちなみに旦那様用もご用意してありますけれど？」

――ズラーッ！

はい、それはもう、しっかりと。

フェイール商店に抜かりはありません。

「なるほど、準備は万全というわけか。脱帽するよ……」

「ご安心ください。複数点お買い上げの場合、ちゃんと割引はしますので」

「そうしてくれると助かる。伯爵家といえど、自由に使える金は意外とシビアなものなのだ」

「……貴族家というものは、そういうものであると伺ったことがあります。ある貴族など、『税金の一時預かり場』と揶揄《やゆ》していましたから」

「違いないな」

ようやく伯爵にも笑顔が戻ってきました。

そして家族でドレスについて話し始めたので、私はのんびりとソファーで一休み。

【アイテムボックス】からケーキの詰め合わせの入った箱を取り出し、いくつかを青磁の皿に載せてティータイムのスタートです。

マルガレート様と奥様は楽しそうにドレス選び。それに合わせた靴と装飾品も手に取っては、シャトレーゼ伯爵を困らせています。

そんなこんなで楽しかった試着タイムも無事に終了、それらを箱に収めて納品し、無事に代金もいただきました。

――そして何故か、私は晩餐《ばんさん》に参加しています。

「ねぇ、フェイールさん。昼間見せてもらった装飾品、あれは娘用に用意したものですよね？」

食事が終わり、のんびりとした語らいの中。

シルヴィア奥様が私に問いかけてきました。

あのアクセサリーの中には奥様のお目鏡に適うものがなかったそうですが、それは私が大人用のアクセサリーを外しておいたからです。

「なんだシルヴィア。まだそのことを気にしているのか？」

「マルガレートは綺麗なエメラルドをあしらったネックレスとイヤリング、指輪まで揃えたじゃないですか。でも、私の持っているものは古いデザインのものばかり。ねぇ、本当にありませんの？」

ここまで問われてしまうと、焦らし続けるわけにはいきませんよね。

――シュッ。

昼間とは違うジュエリーボックスを、【アイテムボックス】から取り出します。

それを開けて、くるりと奥様の方に向けた瞬間。

「……え？」

奥様が固まりました。

そこには綺麗にカッティングされた宝石があしらわれた指輪やネックレスが、ところ狭しと並んでいます。しかし、それよりも目を引くのは、おそらくこれでしょう。

仕入れ原価が金貨二枚の、黒い真珠のネックレス。

説明書には黒真珠《くろしんじゅ》のネックレスって書いてありましたので、そういうものが異世界にはあるのでしょう。

「こ、こ、これは、なんなのだね？」

「黒真珠のネックレスです。私も仕入れの際に初めて見ました。このようなものが存在するとは、思っていませんでしたから」

型録でこれを見つけた時、本当に心が震えましたよ。

「ローズマリー。鑑定士を呼んでくれるか？」

「はい、少々お待ちください」

すぐさま鑑定士が呼び出されると、私の用意したジュエリーボックスの中身を鑑定してくれます。

一つ、また一つと鑑定するたびに、鑑定士の顔色がどんどん青くなっていきました。

「すべて本物、しかも、この値段設定は鑑定額よりもかなりお安くなっています」

「黒真珠は本物なの？」

「はい。タヒチという国の原産のようです。天然黒真珠のネックレス、青金貨《せいきんか》二十枚の価値がございます」

はい、ダイニングの空気が固まったかのように、静かになりました。

でも、原産地までわかる鑑定眼をお持ちとは、高位の鑑定士ですね。

そして奥様は黒真珠を眺めた後、伯爵様に笑顔を向けています。

「はぁ。さすがにこの金額を用意することはできない」

「では、我が家の宝物から、価値の等しいものを選んでもらえばよろしいのでは？　物々交換という形でどうかしら？」

「え？　あ、あ〜」

それはそれで、別に構わないのですけれど。

黒真珠のネックレスは季節限定型録に載っていたので、もう二度と手に入らないかもしれません。

今月中ならまだ注文可能なので、在庫を補充しておくのもありですね。

「そうですね。同等の価値のもの、あるいは私が気に入ったものでということならば」

「では決定です、よろしいわね？」

「あ、ああ……」

妻の問答無用の圧力に、伯爵は屈した模様。

そして奥様はいそいそとネックレスを首に巻くと、満面の笑みを浮かべました。

その後、無事に晩餐会も終わってから。

私は伯爵家秘蔵のコレクションがある部屋へと案内されました。

そこから好きなものを持っていっていいと言われ、鑑定眼を駆使した結果二つの彫像をいただくことにしました。

一つは黒檀《こくたん》で作られたらしい竜の彫像、そしてもう一つは水晶から削り出したと思われるユニコーンの彫像。

この二つだけ鑑定不可能だったのです。つまり、これは価値のあるものに違いありません!!


無事に納品も終わり、晩餐会の後には貴重な彫像もいただいてまいりました。

さらにその翌日。

そろそろ街を出ようかと考えていると、シャトレーゼ伯爵からお呼び出しがあり、デビュタントに使用する食器などの注文を受けました。

幸いなことにこれらは在庫がありましたので、追加注文することなく無事に納品です。

レベルアップのために購入した青磁の皿も、すべて売れました。

貴族とは面子《めんつ》の世界で生きている、これ至言。

それを表現するかのように、デビュタント当日は、それはもう、すごい光景で。

というか、今、正にリアルタイム。

勇者格言で言うところの『ちょうど現在』をあらわす言葉が、リアルタイム、だそうです。

伯爵様のお誘いを受けて、私はデビュタント会場にいます。

「これはアーレスト侯爵。本日は娘のために遠路はるばるご足労いただき、ありがとうございます」

「いやいや。デビュタントとなれば、娘さんを社交界にお披露目《ひろめ》する機会ですからな。後ほど、うちの息子にも挨拶をさせますので」

「ありがとうございます。料理や酒なども、我が国では手に入らない異国のものをご用意しましたので、ごゆっくりとお楽しみください」

そんな挨拶を交わしつつ、私の父であったアーレスト侯爵とシャトレーゼ伯爵が話をしています。

私は、デビュタント会場の裏方として、関係者用扉の向こうからこっそりと眺めています。

舞台の上では、マルガレート様が挨拶を終え、彼女の姿を一目見ようと、そしてあわよくば伯爵家と懇意《こんい》になろうと考えている貴族たちが拍手していますよ。

その中には、当然ながら、マルガレート様との婚姻を企《たくら》む親たちに命じられて集まってきた貴族のぼんぼんもいるわけでして。

「はじめまして。私はサントール男爵家の長男、ワルダーと申します。この後、ぜひ私と踊っていただけますか？」

「いえいえ、そんな輩《やから》よりも、ぜひこの私と。カールバン子爵の次男、オズワルドです」

「あなたはまるで太陽のようだ。ぜひともコンデンサ伯爵家の次男であるこのゼーレスと、一曲いかがですか？」

うん、ほぼ求婚に近い状態ですね。

周りの貴族たちはほのぼのとした目で見ているけれど、シャトレーゼ伯爵は気が気でないようで、じっとマルガレート様を見ています。

「まあまあ、ここは私が。アーレスト侯爵家の次男、オストールです。私と一曲、いかがです？」

さあ、侯爵家の愚息、いえ次男の申し出。

「誠に申し訳ございません。私は、自身の伴侶となる方と踊るのを楽しみにしています。ですので、皆様の申し出にお応えすることはできません」

おおっと、全員が断られましたよ。

どの息子たちも残念そうな顔で、それでも笑顔で下がっていきます。

この流れはお約束なので、断られてもプライドが傷つくことはないらしいですが。

「え、あれ？　この私の申し出を断るのですか？　侯爵家の私の申し出を？」

オストールがにやにやと笑いながら、マルガレートに絡み始めました。

これには周りの空気が張り詰め、貴族たちの笑顔も凍りつきます。

デビュタントの主役はその家の娘であり、それを辱《はずかし》めたり貶めたりするようなことがあってはなりません。けれど、オストールはそのルールを、貴族の位を盾に破ったのです。

「……申し訳ございません」

「あ、あ、そういうことね。わかりました……それでは失礼」

再度断られて、オストールの頬がヒクヒクと引き攣っています。

暗黙のルールを破ったかいもなく、堂々と断られるとは、ちょっといい気味……いえ、なんでもありませんよ。

◇　◇　◇

「この馬鹿。伯爵家令嬢のデビュタントなのだぞ？　それを貴様は台無しにしようとした」

引き攣った笑いをぶら下げながら戻ってきたオストールに、ブルーザは冷たい視線を向ける。

当然ながら、ルールを破ったのはオストールであり、後でシャトレーゼ伯爵や集まった貴族に謝罪しなくてはならない。

だが、そんなこととはつゆ知らず、オストールはブルーザに一言。

「シャトレーゼ伯爵家は潰すべきです。侯爵家の後継と目される私の申し出を、あの女は断った。これは由々しき事態です」

「由々しき事態を引き起こしたのは貴様だ。私の話を理解していないのか？」

「理解はしています。ですが家格というものを理解しているのなら、あの場では素直に私と踊るべきでは？　むしろ面子を潰されたのは私です……それよりも見ましたか父上、あのドレス、あの装飾品。母上にプレゼントしたら、たいそう喜ばれますよ」

自分が何をしでかしたのか、それをオストールは理解していない。

何も考えず、貴族の権力を振り回す。

何故このように育ってしまったのかと、ブルーザは怒りのあまり拳を握りしめた。

「やはり、私が話したことを貴様は理解していないようだな。オストール、自宅に戻ったら謹慎《きんしん》しろ。その上位貴族だから何をしても構わないという考えは捨てろ、それは我がアーレスト家には不要だ」

「なんと。私が謹慎したら、誰が南支店を切り盛りするのです？　私はすでに、勇者御用達商人として顔合わせもしました。今、この私を謹慎させることは、百害あって一利なしです」

「……二度は言わない。その自分より下の者を見下すような態度を改めろ、いいな」

そう言い捨ててから、ブルーザはシャトレーゼ伯爵の元へと向かう。

「……ふん。何故、侯爵家の一員である私が、身分が下の者に媚《こ》び諂《へつら》う必要がある。勇者御用達商人ということは、やがては王家とも取引が可能になるのだ。わざわざ下々の相手なんてする必要はないじゃないか」

まったく反省していないオストールは、そのまま一人壁に寄りかかって、集まった客や貴族の値踏みを始めることにした。

◇　◇　◇

どうやら一悶着《ひともんちゃく》起こしたクソガキがいらっしゃったようですが、デビュタントのパーティは無事成功。

途中で私がとっておきのアイスクリームセットを伯爵に売りつけ、場の空気を変えたのは言うまでもありません。

会場に集まった貴族の皆さんは、マルガレート様とシャトレーゼ伯爵夫人のドレスや装飾品にうっとり状態。

特に奥様方は、夫人が着けている黒真珠のネックレスに心を奪われてしまったようで。

なお、奥様方の質問攻めにあった夫人ですが、入手方法はすべて秘密、異国の商人から購入したということで話を誤魔化してくれました。

パーティも終わり。追加の購入代金については、客の見送りが終わり次第、支払いをしてくれることになりました。

ということで、今は伯爵様の執務室でのんびりと待機しているところです。

「遅くなってすまない。こちらが今日の追加購入分の代金だ。少し色をつけさせてもらったよ」

部屋に入ってきたシャトレーゼ伯爵が、ずっしりと重い金貨袋を私に手渡してくれます。

「はい、ありがとうございます」

すぐに【アイテムボックス】にそれを収めると、これで用事はすべて完了。

「それでは、私はこれで失礼します」

「まあ待ちたまえ。実はどうしてもフェイールさんに会いたいという方がいらっしゃってね。有力な商人に挨拶をしたいそうで、よろしいかな?」

「……断れる雰囲気ではありませんね。では十分だけ」

自分の時計を見て時間を確認。

隣の街へ向かう定期馬車の時間までは、少し余裕がありますから。

「では、今お呼びしてくる」

「はい」

って、ちょっと待って?

会いたいという方がいらっしゃって?

お呼びしてくる?

その発言の相手は、どう聞いても伯爵家より格上の貴族ですよね?

そして、今日の来賓《らいひん》で伯爵より上って、アーレスト侯爵家の人しかいないじゃないでふか!!

あ、噛みました。

——ガチャッ。

扉が開き、シャトレーゼ伯爵がやってきます。

その後ろに続いて、ブルーザ・アーレスト侯爵が入ってきました。

「アーレスト侯爵、ご紹介します。今回のデビュタントでドレスや装飾品などの異国の商品を用意してくれた、フェイール商店のクリスティナ・フェイールです。こちらは王都の勇者御用達商人であるブルーザ・アーレスト侯爵です」

「フェイール……か」

はい、やっぱり我が父ではありませんか。

いえ、お父様には恨みなんてありませんよ、ほんの少しだけしか。

きっとあの継母と彼女の実家には逆らえなかっただけなのだから、仕方ありませんよ。

「はじめまして、クリスティナ・フェイールと申します。アーレスト侯爵には、ご機嫌麗しく」

「ああ。そうだな……シャトレーゼ伯爵、申し訳ないが、彼女と二人で話をしたい」

「わかりました。では、私は席を外します。商人同士、積もる話もあるでしょうから」

そう告げて、シャトレーゼ伯爵は部屋から出ていきました。

……お父様からの視線が痛いです!!

するとお父様はため息をつきました。

「ふぅ。今はクリスティナ・フェイールを名乗っているのか」

お父様は、優しい目で私に問いかけます。

ですから、私も堂々と、素直に答えました。

「はい。クリスティン・アーレストはもう存在しません。すでに貴族院にもそう届け出てあるのですよね？」

私を侯爵家から勘当したのは、やはりお父様の本意ではなかったのだと確信しました。

その証拠に、今、私の前に座っている男性は、私が知っている優しいお父様の顔をしています。

私の母を愛してくれた人。

そう思うだけで、涙がこぼれそうになってしまいます。

「そうだな。クリスティナは、書類上ではアーレスト侯爵家とは縁もゆかりもなくなっている。遺産相続権も何もかも消滅しているな。貴族院に公布文書も出してもらった。つまり、クリスティナを娶《めと》ったり養子として迎えたりしてもアーレスト家と繋がりを持つことはできない」

「んんん？　私を利用して侯爵家と繋がりを持ちたがっている貴族がいるのですか？」

「そんなことを企むやつがいないように、先に手を打ったという話だ。だから、クリスティナは自由に生きなさい。執事から、オーウェン領にある私の別荘の権利書は受け取ったのだろう？」

は？

何それ初耳です。

そんなものは受け取っていませんが？

「いえ。青銀貨十枚と、指輪だけです」

「……はぁ。まさか別荘にまで手を回しているとは。そちらの方は、私がなんとかしよう」

「いえ、私はすでにアーレスト家とは縁もゆかりもありません。そのようなことをしていただかなくて結構です……それよりも」

父の優しさが身にしみます。

ご安心ください、クリスティナは、お父様のご迷惑になるようなことはいたしません。

継母とオストールに関することを除いては。

ということで、せめてものお礼を。

【アイテムボックス】から懐中時計と、体に優しい薬用酒を取り出します。

それを見てお父様は驚いた顔をしました。

「クリスティナ、いつから【アイテムボックス】が使えるようになったのだ？」

「それは秘密です。これは、クリスティンという女性からお預かりした、ブルーザ・アーレスト侯爵様への贈り物です。かつて勇者様が所持していた時を刻む魔導具、懐中時計。そしてこれは、夜寝る前にキャップ一杯だけお飲みください。薬用酒です」

懐中時計は一つ、薬用酒は五本。

どちらも緩衝材《かんしょうざい》というものが入った箱に詰め替えてあります。

これで瓶《びん》が割れることもありません。

「なあクリスティナ。このようなものを、いったい、どこから仕入れたのだ？」

「異国の商人さんと懇意になりました。その伝手で、異国のドレスなども用意することができました。すべて、アーレスト侯爵家で商売について学ぶ機会を得たおかげです」

「そうか。では、これはありがたくいただくとしよう。今後、何か注文したいものがあった場合、どのように連絡を取ればいい？　少しでもお前の利益になることがしたい」

その気持ちだけで十分です。

だから、私は堂々と商人としての返事を返します。

「私は個人商隊《トレーダー》です。街から街へと商品を運びつつ商《あきな》いをするつもりです。まあ、王都に入ることはできないですが、近くの街に寄りましたら……この街に来た時には、シャトレーゼ伯爵を通じて……連絡が取れるようにして……おきます」

気がつくと、父の胸に抱きついていました。

「それでは、私はこれで失礼します。アーレスト侯爵も、お元気で」

「ああ。これからのクリスティナが無事であるように祈っている」

これで、名残《なごり》も何もかも消えました。

私は先に退室します。

――ガチャッ。

部屋の外に出ると、シャトレーゼ伯爵が扉の横の壁にもたれかかっていました。

まさか、私たちの会話が聞こえていましたか？

「おや、商談はお済みかな？」

「はい。侯爵様への納品も完了しました。今後も取引を続けていただけることになりましたが、私は個人商隊《トレーダー》ですので」

「では、この街に君が訪れたら、私から侯爵様に連絡するようにしておこう。それで構わないね？」

さすが伯爵様……やっぱり話を聞いていましたわね？

私がそう問いかけようとしたら、伯爵様は笑顔で自分の口元の前に人差し指を立てました。

「では、屋敷の外でローズマリーが待っているので、そこで話を聞いてから帰ってくれ。私はこれから、侯爵と話がある」

「ありがとうございます。それでは失礼します」

これで、この街での仕事はおしまい。

屋敷から出ると、門の前にいたローズマリーさんに話しかけられました。

「お嬢様のデビュタントのお手伝い、ありがとうございます。こちらは旦那様がご用意した、特別な許可証です。これがあれば、この街では貴族相当の扱いを受けられます」

「え、あ、ありがとうございます!!」

深々とお礼をして、私は街に出ました。

「さぁ、次の街に向かいますか!!」

初めての仕事は大成功。

次は、ここから南にある港町・サライです。

おいしい海鮮料理が食べられるといいのですけれど。

◇　◇　◇

——ハーバリオス王国王都にて。

召喚された勇者たちは、国王から世界を救う使命について説明を受けた後、それぞれの勇者としての能力を向上させる訓練に励んでいた。

「……ええっと、この文字が光、闇を照らし……明星なる?　違うみたいだし……」

文献を睨むように眺めながら、勇者の一人、女子高生の柚月《ゆづき》ルカは魔術の勉強を行っている。

彼女の勇者適性は【大魔導師《だいまどうし》】であり、すべての魔術を操ることができる。

そのためにも、魔術についてより多くの知識を身につけなくてはならない。

魔導師が魔術を使うためには、一冊の魔導書と契約を行う必要がある。

そして身につけた知識はすべて魔導書に浮かび上がり、契約者のみがその魔術を使うことができる。

また、魔導書は術者の魔力量を増幅する効果を持つため、魔力が少ない魔導師は魔導書がなくては魔術を発動することすらできない。

この世界では、魔導書は魔導師にとってなくてはならない必須アイテムなのである。

「あ～っ、もう無理!!　甘味《かんみ》をください、甘いものを、スイーツプリーズ!!」

「スイーツと言ってもなぁ。この世界の甘味は干した果物と蜂蜜ぐらいらしいし……クッキーのようなものはあるけどボソボソの保存食だっていうし……それより俺は日本食が食いたいわ！」

柚月の絶叫に合わせるように、元ヤクザの鉄砲玉、緒方達也《おがたたつや》も叫びながら魔導書を放り投げる。

勇者適性がそのものずばり【勇者《ゆうしゃ》】だった緒方は、魔術と剣術の訓練を余儀なくされていた。

他にも、【聖者《せいじゃ》】適性があった生真面目なサラリーマン、紀伊國屋将吾《きのくにやしょうご》は【神聖魔術《しんせいまじゅつ》】を習得するべく毎日教会に通い祈りを捧げ、【大賢者《だいけんじゃ》】適性があったゲームオタクの武田邦彦《たけだくにひこ》は柚月と同じように、やはり魔導書を眺めている。

「同感ですね。厄災の対処が無事終われば、元の世界に帰れるとはいえ……この世界の食事には辟《へき》易《えき》しました。勇者御用達商人という方に頼めば、日本の食事に似たものが食べられるかも知れませんね」

メガネをグイッと指で押し上げつつ、紀伊國屋が呟く。

すると、目の前のテーブルに魔導書を置いた武田もそのまま打ち伏した。

「食事もそうだけど。ゲームのバッテリーが切れそうなので、充電器が欲しい」

「武田よぉ、そもそも、どこに電気があるんだよ。日が暮れるとランタンの明かりを灯《とも》し、朝太陽が昇ったら目を覚ます。食事は朝昼晩だけど、いつもパンと簡単なおかず、運がよければ肉が食えるが、普段は狩りにでも行かない限りは肉を主とした料理はテーブルに並ばない」

「緒方さん、そんな身もふたもないことを言わないでくださいよ……」

「ケーキぃぃ、エクレア、シュークリーム、ちょこれーとぱふぇ。もうだめ、あーしの脳みそが糖分を欲しているぅぅぅぅぅ」

すでに限界は見えている。

この世界に勇者たちがやってきてはや半月。

未だ世界に馴染むことができないままに、四人は日夜訓練を続けていた。

「よし。私が勇者御用達商人を呼んでもらうように伝えてきますよ」

「ああ、召喚された翌日に紹介してもらった、あのぽっちゃり商人か。あれは信用していいのか？どうも胡散臭《うさんくさ》いんだけど」

紀伊國屋に緒方がそう問いかけるが、そのまま返事をすることなく紀伊國屋は部屋から出ていった。

そして無事に紀伊國屋が侍女を通して話をつけると、その日の夕方には、アーレスト商会南支店のオストールが王城までやって来る旨が伝えられた。

「ご無沙汰しています。アーレスト商会南支店のオストールと申します。勇者様方におかれましては、ご機嫌麗しく」

オストールはつい数日前に、シャトレーゼ伯爵の長女のデビュタントパーティから戻ってきたばかり。

会場で主催であるシャトレーゼ伯爵の顔に泥を塗るような行為をし、父親から謹慎処分を受けていたにもかかわらず、商会の副責任者から連絡を受けて、王城までこっそりとやって来たのである。

そして応接間に案内されたオストールは、目の前のソファーに腰を下ろしている勇者たちをじっくりと値踏みし始めた。

「さっそくだが、もうこの世界の食事には限界を感じている。俺たちの世界の食べ物を用意してもらいたい」

「それとスイーツも‼　クッキーもどきやドライフルーツはもう嫌だし」

「予備バッテリー。あとコーラとピザ」

「スーツの替えも必要ですね。あと下着は予備も含めて十枚。スマホの充電器は手に入るのですか？」

次々と勇者たちの要望を書き留めるオストール。

紀伊國屋たちの会話の中から、リーダー格が紀伊國屋であることも理解すると、要望のすべてが記された羊皮紙を鞄に収める。

「それでは、三日以内に納品しますので」

「待て、すべてあるのか？」

「本当に？　チョコレートもアイスクリームもあるの？」

緒方と柚月が質問すると、オストールは一瞬だけ返答に詰まるが、南支店の商品在庫についてはクリスティンのやつがまとめていたはずだと勝手に考え、満面の笑みを浮かべる。

「はい、在庫はたっぷりとございますので、ご安心ください」

「わかった。支払いは国に回して構わないそうだから、それで頼む」

「かしこまりました。それでは、今後ともアーレスト商会をよろしくお願いします」

恭《うやうや》しく頭を下げるオストール。

そして彼は急いで王城を出ると、まっすぐに南支店へと戻っていった。


王城で勇者一行からの発注を受けたオストールは、南支店に着くとカウンターで書類整理をしている副支店長に発注書の束を放り投げた。

「三日後に納品だ。すべて用意しておけ」

「ほう、さすがはオストール様。本店のグランドリ様の悔しがる様が想像できますな。では君たち、至急これを用意しておきなさい。倉庫に在庫があるはずですから」

副支店長は受け取った書類を確認せず、すぐに事務員に回す。

その様子を見て、オストールは満足であった。

「ふん。長男だからと本店でふんぞり返っているグランドリは終わりだ。勇者御用達商人である俺こそが、アーレスト家の正式な跡取りに相応しいだろう？」

「はい。それはもう‼」

揉み手でオストールを持ち上げる副支店長。

彼はここまでご機嫌をとっておけば、自分の立場も盤石だろうと考えていた。

「では、俺は父上に報告するために帰るとするか。後のことは任せるぞ」

「はい、ご安心ください」

その言葉に気をよくしたオストールは、アーレスト邸へと帰っていく。

しかし自分の地獄がまもなく始まることを、この時の彼は知る由もなかった。


その晩、王都にあるアーレスト侯爵邸にて。

家族揃っての晩餐が終わり、今は歓談の時間。

ワイングラスを片手に、オストールは今日の出来事についてブルーザに報告を始める。

「……ということがありまして。無事に発注を受けることができました」

「お前には謹慎していろと言ったはずだが……しかし、オストールにしては随分と手回しがいいな。

勇者が欲しそうな商品を、あらかじめ用意してあったとは」

「クリスティンが南支店に用意していたはずですよね？　そのためにさまざまな商品を運び込ませていたようですから」

その説明を聞いて、グランドリがオストールを怪訝《けげん》そうな顔で見る。

「オストール、まさか在庫の確認をしていないなどとは言わないだろうな？」

「まさか。この私が自分でやるなんてありえませんよ。そういう実務は副支店長に一任しています。大体、クリスティンは兄上よりも実務の手腕は上。その彼女が、勇者の欲するものを用意していないはずがないじゃないですか？」

その言葉に、ブルーザは怒りで顔を赤くした。

椅子から立ち上がると、とぼけたような顔でヘラヘラと笑っているオストールを睨みつけた。

「オストール!!　本当に在庫の確認をしていないのか？」

「え、ええ。ですからクリスティンがやってくれていたはずですよね？」

「馬鹿か貴様は!!　あの子の勘当が決まった時点では、まだ勇者召喚は行われていない。家から追い出す前の日に、ローゼが王城の使いから勇者召喚の話を聞いただけだ」

それを聞いてオストールは目を丸くする。

「え、それでは、あいつはなんの商品も用意していないと？」

「リストを作って納品できるように、ある程度の準備をしておけとは指示していた。だが、どのような方が召喚されるかもわからない状態で、商品など用意できるはずがなかろうが!!　この馬鹿者がぁ！」

　オストールの顔色がサーッと悪くなる。

　最悪の事態が起きた可能性がある、いや、起きているのだろうと彼は確信した。

「すぐに南支店に行け‼　商品の在庫を確認しろ‼　もしも用意できないなどということになったら、貴様に責任を取らせるからな‼」

「せ、責任ですか」

「当然だ。初代アーレスト様の時代から代々伝えられている家訓を、忘れたはずはあるまい」

『無用な商人は切り捨てる、それがたとえ肉親であろうとも』

　それがアーレスト家の家訓であり、今までアーレスト家を支えていた基盤でもある。

「ヒッ‼　い、急いで調べてきます」

　慌てて部屋から飛び出すオストール。

　それを見てグランドリは、やれやれと困り果てた顔をしている。

「お父様。オストールに助力は必要ですか？」

「今はまだやつにやらせておけ」

「わかりました」

　そう答えると、まるで何事もなかったかのように、グランドリは平然とする。

　だが、母であるローゼは気が気ではない。

「あなた、オストールに力を貸してあげてください」

「わかっている、だが、商人としての責務は果たしてもらう。やつがどう判断するか、それを見てからだ」

オストールがどこまで無能なのか、ブルーザもそれを見極めなくてはならないと感じていた。


――アーレスト商会南支店。

すでに夜も遅い。

だが、南支店の従業員は、夕方に到着した荷物の仕分けや明日の準備で忙しそうに動いている。

そこにオストールは、息を切らせてやってきた。

「こ、これはオストール様。こんな時間に、どのような御用ですか？」

「マティーニ副支店長はどこだ‼」

「副支店長なら、倉庫にいます。何やら険しい顔で叫んでいましたが？」

その説明を聞いて、オストールは倉庫へと向かう。

倉庫に近寄るに連れて聞こえてくる声を聞いて、彼の胸の内に絶望感が湧き上がる。

「何故です、この南支店は勇者御用達の看板を掲げているのです。ここに書いてある商品を調達してこなければならないのですよ？」

「はい。しかし、うちに出入りしている商人にも尋《たず》ねましたが、心当たりの商品はないと」

「うちの倉庫にも、一つも在庫はありません」

最悪だ。

その怒鳴り声を聞いて、オストールはその場にヘナヘナと力なく座り込んでしまう。

「なあ、今、なんて言った？　一つも在庫がないって？」

「オストール様‼」

マティーニはオストールを見て叫ぶ。

彼は朝までに、つまりオストールがやってくるまでになんとか誤魔化そうとも考えた。

だが、アーレスト商会の名前に傷をつけるようなことがあったら、どんな叱責《しっせき》を受けるかわかったものではない。

そう考えた末に、倉庫の隅から隅まで探すように命令を出していたのである。

ひょっとしたら、帳簿に記載されていない商品があるのではないか？

今日入荷した荷物の中に、勇者の希望と合致する商品があるのではないか？

その淡い期待が砕け散り、八つ当たりのように倉庫番を怒鳴り散らしていた姿を、オストールに見られてしまった。

「ない……だと？　本当にないのか？　手続きのミスとかそういうものではなく？」

「……はい。そもそも入荷したという記録すらありません。オストール様は、この発注書の商品がどこかにあると考えたので受けたのですよね？」

「ここだ‼　この南支店にあると思ったからこそ、すべて受けた。何故ないのだ‼　ここは勇者御用達の商会だぞ‼」

すでに何を言っているのか、オストールは自分でも理解できていない。

そして彼の頭の中には、失望した顔で自分を見下ろすブルーザの顔と、上から目線で嘲笑《あざわら》うグランドリの顔が浮かんでいた。

「くそう、くそっくそっ……クリスティンめ、仕入れぐらいやってからいなくなりやがれ……そうだ、マティーニ。勇者用の商品はすべて、クリスティンが持ち逃げした、そうだな‼」

「い、いえ、それは無理です……クリスティンお嬢様は、【アイテムボックス】をお持ちではありません。仕入れ台帳は旦那様も確認しています」

「違う違う、そうじゃない‼　あいつがいなくなる三日前の日付で、ここに書いてある商品が納品されたことにしろ、その伝票を作れ‼　台帳に書いていないのは記入ミスだ‼　それで誤魔化せる。いいな、明日の朝までにすべての書類を用意しろ」

オストールは、自分の失敗をクリスティンに擦《なす》り付けるという下策に出る。

マティーニもオストールには逆らえないと判断し、すぐに偽の納品書をでっち上げることにした。

「これでいい。所詮はエルフの血の混ざった女だからな。せいぜい、俺のために役立ってくれよ」

笑顔で屋敷に戻るオストール。

この判断がさらにオストールの首を絞めることになるなど、今の彼には想像もできなかった。

翌朝。

昨日の件があってか、ブルーザの機嫌はすこぶる悪かった。

何よりも、朝方戻って来たオストールが、まるで何事もなかったかのように食事をとっているのが、気に入らなかった。

「オストール。昨日の件は、どうなった？」

「それですが父上。昨晩調べたのですが、商品はすべて納品されていました。ですが、それをクリスティンが横領したらしく、倉庫からなくなっていたのです。今頃になって納品書が発見されました」

――ピクッ。

オストールの言葉に、ブルーザは眉を顰《ひそ》める。

だが、そのことに気づかないオストールは、饒舌《じょうぜつ》に話し続ける。

「まったく。勘当されたことを恨んで、大切な商品を持ち逃げするなんて商人の風上にもおけませんよ。この件については、しっかりと追及する必要があると思いますが、すでに王都にいない以上は、もうどうしようもありません」

ドヤ顔で報告するオストールだが、ブルーザは表情を変えずに返す。

「まあ、それが事実なら仕方がない。だが、納品書はあるのだよな？」

「は、はい」

「それなら、すぐに追加で発注すればいいだけだ。勇者様方には在庫切れで時間がかかるとでも説明すればいい。オストールは急ぎ発注するように。クリスティンの件は私が直接動くから、お前たちは手を出すな」

「……え？　今、なんと？」

すべてをクリスティンに擦り付けて終わりと考えていたのだろうオストールの問いかけに、やはり詰めが甘いとグランドリは薄ら笑いを浮かべる。

「オストール。お父様は、納品書があるのなら追加発注は可能だろうと仰ったのだよ。納品書には納入業者の名前や担当のサインがあるはずだろう？　そうそう、クリスの納品時確認証もあるはずだよね？　それを押していない書類は無効になるはずだからね？」

その言葉を聞いて、オストールは心の中で震え出す。

――サイン？　確認証？　それはなんだ？　すべて副支店長のマティーニがやっているはずだ。それなら、それぐらいは用意してくれているはず。それよりも追加発注だって？　どこに注文するんだよ、そもそも商品なんて入荷されていないのだぞ？

どんどん顔色が悪くなり、脂汗をかくオストール。

その様子を見て、ブルーザは立ち上がって一言。

「さて。私は王城に向かう仕事があるから、後は任せる。オストールよ、しっかりと務めを果たせよ。グランドリ、本店を頼む」

「かしこまりました、父上」

「か、かしこまり……はい」

意気揚々《いきようよう》と立ち上がるグランドリと、焦燥感に駆られるオストール。

救いを求めるように母を見るが、その母も何かを察したのか、オストールを見て頭を振ってから部屋から出ていった。

ブルーザ・アーレストは自宅を出てから、まっすぐに王城へやってきた。

そして謁見《えっけん》の間へと向かうと、すぐさま許可をもらって室内に入る。

「国王陛下におかれましては、ご機嫌麗しく」

「ああ、この場はわしとブルーザだけだから、そこまでかしこまる必要はないぞ。今日はどのような用事だ？　いや、答えずともよい。なんとなくは察しておる」

室内には国王とブルーザ以外には執務官が一人だけ待機している状態で、秘密の会談を行うにはちょうどいい。

「わかりますか」

「顔色が悪い。それに、服の裾を強く握るのは、気まずいことを報告する時の癖だからな」

悪戯《いたずら》っ子のような笑みを浮かべる国王に、ブルーザも苦笑する。

「さすがですね。実は、勇者様からの注文の品ですが、手違いにより急ぎの納品が不可能なのです。それで、その旨を勇者様方に伝えていただきたくお願いに参りました」

ことが勇者関連故に、これ以上はオストールに任せることはできないとブルーザは判断した。

そのため、後始末もかねて国王へ報告にやってきたのである。

「ふむ。しかし、手ぶらで勇者と話をするというのも、いささか無理がある。手土産程度で構わないから、何か持って来てくれると助かるが」

「しかし今の時点では、勇者殿が納得できるような商品はありません」

「アーレスト商会ならは、我が国のものではなく異国の珍しいものぐらいは用意できるだろう？　そのようなもので構わない、何か手土産はないか？」

勇者たちはこの国のものには飽き飽きしているだろうから、気を逸らすために何か珍しいものを持ってこい。

そう国王が遠回しに告げているのを、ブルーザは理解した。

「そういえば。異国の珍品というのでしたら、このようなものを入手しました」

ブルーザは【アイテムボックス】から、クリスティナにもらった薬用酒の箱を取り出す。

薬用酒五本のうち、一本は寝室に置いてあるが、残りは誰の目にもつかないようにブルーザ自身の【アイテムボックス】に収めていたのである。

「これは？」

「異国の薬用酒です。私も毎晩、この小さな盃《さかずき》で一杯だけ飲んでいるのですが、飲み始めてからは体調がすこぶるよくなったように感じます。これならば、勇者様たちにも満足いただけるかと」

「ほう？　体調がよくなると？」

ブルーザの話を聞いて、国王も乗り気である。

「当然、わしの分もあるのだろう？」

「三本、陛下にお預けします。これでよろしくお願いします」

「うむ。では、後ほど話を通しておこう。それと南支店の店長には、納品できる商品が揃うまでは、王城に来ることは禁止すると伝えるように。ブルーザが手を回したことを知られる必要もあるまい」

「はっ。それでは失礼します」

深々と頭を下げるブルーザに、国王は頷くだけである。


勇者の塔。

それは王城敷地内にある尖塔であり、紀伊國屋たち勇者にあてがわれた建物である。

普段はここで生活し、決められた時間になると騎士団詰所で基礎訓練を行ったり、城塞の外の森へ行ったりする。

今日の勇者たちは、塔の中の資料庫で古文書を紐解いているらしく、国王はタンダード宰相に薬用酒を運ばせることにした。

――コンコン。

タンダード宰相が、ノックしてから室内に入る。

書架《しょか》に整然と並ぶ本の数々。

その向こうの机で、紀伊國屋たち四人が書物を見ている。

「紀伊國屋殿。調子はいかがですかな?」

「まあ、テンションが下がっていることは事実。早く勇者御用達商人が注文の品を持ってきてくれることを期待していますよ」

「チョコ食べたいし。タピオカミルクティも飲みたいしぃぃぃぃ」

「早くコーラとピザをください。そろそろ禁断症状が出そうです」

「……まあ、俺はまだ耐えられるかな？　タバコみたいなものはあったから、しばらくはそれで繋げる」

それぞれの返答に苦笑しつつ、タンダード宰相が四人の前に薬用酒を置く。

「少々手違いがあって、すぐに納品することができなくなったそうです。ですが、注文の品は揃えるということなので、それまで待っていてくれませんか？　これは異国の珍しい酒で、遅れたことに対してのせめてものお詫びの品だそうですが」

そう説明するタンダード宰相だが、四人の視線は薬用酒に釘付けになっている。

「薬用永命酒《えいめいしゅ》か。本当に俺たちの世界の商品を調達できるのかよ」

「甘くなさそうだし、あーしは興味ないし」

「組の親父殿が飲んでいたやつか。まあ、あるところにはあるんだなぁ」

それぞれ反応を示す三人に続き、驚いた顔で瓶を手に取る紀伊國屋。

そして彼はラベルを確認して、静かに頷く。

「製造年月日は最近のものです。本当に、異世界の食料品も手に入るとは、大したものだ」

「え？　それは紀伊國屋殿の世界のものなのですか？」

思わずタンダード宰相が紀伊國屋に問いかける。

すると、メガネをグイッと上げつつ、紀伊國屋が薬用永命酒の説明を始めた。

五分ほどの説明だが、タンダード宰相はその酒がいかに素晴らしいものなのか、それが普通に市販されていることなどを事細かに聞かされた。

こうなると、タンダード宰相が逆に動揺してしまう。

「ま、まあ、これで信用されたかと思います。しっかりとご用意することはできますので、ご安心ください」

「わかりました。私たちの世界の酒が、ここにあることが証明となります。正直言いますと、我々の世界の食材など入手できるはずがないと疑っていました」

丁寧に頭を下げる紀伊國屋。

だが、今の話を聞いて、柚月たちは驚いてしまう。

「え？　あの商人は嘘をついてたの？」

「そう思っていたのですが。注文の品でないとはいえ、このように用意できるのですから、信用に値すると思います」

「ふぅん。よくわからないけど、チョコが食べられるのなら構わないし」

「は、はい。それでは失礼します」

急いで部屋から出るタンダード宰相。

そして、彼は今の紀伊國屋の話を説明するために、急ぎ国王の執務室へと走っていった。

ブルーザが献上した異国の薬用酒。

それを勇者たちに与えた結果、それが彼らの世界の酒であることを知ることができた。

タンダード宰相がすぐさま国王に報告すると、自宅へと戻っていったブルーザを急ぎ王城まで呼び戻すこととなった。

「突然のお呼び出し、何かありましたか？」

謁見の間ではなく執務室へ通されたブルーザ・アーレストは、困り果てた顔の国王にそう問いかける。

本来ならば不敬とされてもおかしくないのだが、タンダード宰相が気を利かせたので、今は国王とブルーザ、宰相本人の三人しか執務室にはいない。

故に、このような問いかけにも国王は文句を言うことはない。

「ブルーザから受け取った薬用酒だが。勇者たちの世界のものであるらしい」

「……は？　そんなことがありえるのですか？」

「タンダード宰相が、直接勇者の代表から話を聞いてきたそうだ」

「はい。それでは、ここからは私がご説明します」

タンダード宰相が一歩前に出ると、薬用酒を彼らの元に持っていったところからの説明を始めた。

それを聞くうちに、ブルーザは背筋に寒いものを感じ、脂汗を流し始める。

「……ということです。異世界の物品が私たちの世界に流れてくるということはありえないのですが、今回侯爵が届けてくれた薬用酒は彼らの世界の酒に間違いないそうです。しかも製造年月日というものが明記されていたそうでして、彼らの世界でもかなり真新しいものであると教えてくれました」

「残念なことに、勇者文字の解析書は失われて久しい。今ではあの文字を読み解くことができる者は存在しないだろう」

つまり、何らかの理由で偽造されたものでもない。

あの薬用酒は本当に異世界のものであり、このたびの勇者召喚で喚び出された四人以外にこの世界に勇者が流れ着き、あれを持ち込んだ可能性があることを示唆《しさ》している。

「再度、ブルーザに問いたい。あの薬用酒を齎《もたら》したのは何者だ？」

国王自らの問いかけ。

しかもかなり本気である。

「この件は、ご内密にお願いします。私は、あの酒をクリスティナ・フェイールから受け取りました」

「フェイールといえば、そなたの妻の一人であるエルフの氏族名であったな」

「おそれながら陛下。クリスティナ・フェイールは勘当した我が娘です。私は、娘からあの薬用酒を譲り受けました。そして娘は、異国の商人から購入したと申しております」

その言葉を受けて、国王は顎に手を当てて考える。

勘当された理由など、国王にとってはどうでもいい。

それよりも、あの面倒くさい勇者たちの機嫌を取るためには、どうしても勇者たちの世界の商品が必要となる。

その一つである薬用酒が異国から齎されたこと、それを仲介したのがブルーザの娘であったこと。

これが真実なら、答えは一つだけ。

「ブルーザ・アーレスト。クリスティナ・フェイールと連絡をとり、異世界の商品を販売していた異国の商人を突き止めよ。あの酒だけでは、それほど時間を稼ぐことはできない」

「はっ。仰せのままに」

深々と頭を下げてから、ブルーザは執務室から退室する。

そして急ぎ足で王城から出ていくと、一度自宅へと戻っていった。

◇　◇　◇

ここは宿場町エッド。

メルカバリーから一週間ほど馬車に揺られてたどり着いた町。

港町サライまであと三日ほどの距離にあるこの町で、私はペルソナさんから荷物を受け取っています。

「……これで荷物は以上となります。お支払いはいつものようにチャージですか？」

「はい、チャージでお願いします」

シャーリィの魔導書を取り出し、それをペルソナさんに向けます。

すると、がっつりチャージ金額が減っていきました。

うん、買いすぎた感満載です。

今回は前回の仕入れのさらに二倍。買いすぎたと思っていますが、先行投資としてこれぐらいは必要です……よね？

「今回はかなりの食品を購入されたようですね。それに、日用雑貨も豊富に。型録の半分以上の商品をご購入いただけるとは、型録通販のシャーリィの一員として感謝の気持ちしかありません」

胸元に手を当てて頭を下げているペルソナさん。

いえいえ、前回の反省を活かして売れ筋商品をたくさん仕入れているだけです。

でも、電池？　電気？　そういう魔力のようなものを必要とする品は、最低限しか仕入れないようにしています。

ほら、私は個人商隊《トレーダー》としてあちこち移動するじゃないですか？　私がいない間に魔力切れで商品が動かなくなってしまったら申し訳ありませんので。

「いえいえ、こちらこそ、こんな遠くまで配達していただいてありがとうございます」

「大丈夫ですよ。型録通販のシャーリィは、たとえ地の果てでもお届けに参ります。この馬車は、そういう特別な馬車なのですから」

「馬車かぁ……羨ましいですね」

「ええ。これは従業員に貸与《たいよ》されるものでして……と、忘れるところでした、こちらは新しい期間限定の型録です。そしてこちらが、取引金額が一定額を超えましたので、当社からの記念品です」

「あ、ありがとうございます」

プレゼントをもらってしまいました。

ちょっと嬉しいかな。お父様以外にプレゼントをくれた異性は存在しませんでしたから。

「開けてもよろしいですか？」

「ええ、どうぞ」

それでは。

小さな箱を開くと、中から紐のようなものが出てきました。

これは……ポーラー・タイ？　あ、首飾りのようなものですか。

このようなものは見たことがないので、新鮮ですね。あ、手触りがなめらか……

「こんな素敵なもの、本当にいただいてよろしいのですか？」

「もちろんです。では、次の配達は一週間後となりますので、よろしくお願いします。ああ、それと」

ん？　まだ何かありましたか？

「シャトレーゼ伯爵からいただいたものは大切になさってください。今はまだ普通の置物ですけれど、それはやがて力を得ることになりますから」

「いただいた……これですか？」

【アイテムボックス】から、小さな彫像を二つ取り出します。

これは以前、シャトレーゼ伯爵の奥様から黒真珠のネックレスの対価として受け取った、竜とユニコーンの彫像。

他にも色々と貴重な商品はありましたが、これが気になったものでいただいてきました。

【万能鑑定眼】でも最初は鑑定不可能でしたけれど、今は『置物？』という実にあやふやな表示になっています。

「ええ。大切にお持ちください。それでは失礼します」

「はい、ありがとうございました」

白い馬車に乗り込み、ペルソナさんが走り出して……消えます。

うん、この光景にも慣れてきました。

【古代魔術】の中には、確か【転移《てんい》】というものがあると聞いたことがあります。

多分、そのようなものなのだろうと納得しました。

「さーて。入荷のためにここで下車してしまいましたから、次の便まで待たなくてはなりませんね」

停車場まで向かい、定期馬車の運行日程を確認します。

次のサライ行きの馬車が到着するのは二日後ですか。

まあ、急ぐ旅でもありませんので、それで構いません。

定期馬車を管理運営しているのは商業ギルドですので、そこで次の便の予約を行い、ついでに今日と明日の露店の出店許可をもらいます。

あとはいつも通りに、指定された場所へ向かって商品を並べるための絨毯をズラーッと広げます。

「さて、ちゃっちゃと準備しますか」

並んでいる商品の確認、在庫も十分。

さあ、フェイール商店の開店です!!

「って気合を入れましても。馬車は出たばかりなので、街に泊まっているお客さんしか居ませんよねぇ」

と言うことで、のんびりと店番です。

たまにやってくる子どもたちに、いつものように試食品を渡します。

少し後でお父さんやお母さんを連れてきてくれるので、そこからが商売開始。

メルカバリーほど忙しくなく、商人たちが仕入れのために大量購入することもなく。

のんびりとした商売をした二日後に、定期馬車に乗って移動を開始。

その三日後には、空気の香りが変わってきました。

「これは、潮の香り!!」

丘を越えて下り道。

見下ろす先には、港町。

その先の海岸の崖の上、そこにお母さんのお墓があります。

この近くが、お母さんの生まれ故郷の森。

三年ぶりに、私はこの町にやってきました。

第二章　港町よいとこ一度はおいで

長い旅でした。

王都から追放され、交易都市メルカバリーでシャトレーゼ伯爵令嬢のデビュタントのお手伝いをして。久しぶりに出会えた父に感謝と、そして別れの挨拶をして。

母の故郷である森の近くにある、港町サライまでやってきました。

町の中心近くにある停車場にたどり着き馬車から降りて、まずは商業ギルドへ移動です。

この町でも数日ほど滞在して、のんびりと露店を開く予定です。

ということで一通りの手続きを行い、露店の営業許可と営業可能な場所を示す地図を受け取りまして。

さっそく、目的の場所へと移動です。

「あら、今回はいい場所が空いていますね」

停車場の近く、町の中心にある大広場。

そのあちこちにいくつもの隊商《キャラバン》の馬車が停まっていて、露店の準備をしています。

でも、慌ててはいけません。

とりあえず露店の場所を確保するために、フェイール商店の登録章と同じマークの営業許可証を貼り付けます。これでこの場所は確保しましたので、露店の準備の前に宿を押さえに行きましょう。

実は、もう宿についてては決めてあるのですよ。

この港町は、勇者伝説で有名な場所でもありますので。


「素泊まりなら銀貨四枚、朝晩の食事がついて銀貨五枚銅貨五十枚だよ」

「はい。七日ほど連泊希望ですので、銀貨三十八枚と銅貨五十枚ですね。それと、教えてほしいことがあるのですけれど」

「ん、何かあったのかい？」

宿の入り口にある受付で、女将さんらしい人と交渉開始。

いいえ、宿代を値切るのではありません。

「確か、この町では【海鮮丼《かいせんどん》】という食べ物が食べられると聞きました。それは食べられますか？」

「あ〜。海鮮丼って、【勇者丼《ゆうしゃどん》】のことだね。ごめんね、今はやってないのよ」

「え？　そうなのですか？」

が－ん。

これはショックです。

三年前にこの近くまで来た時は、私はエルフの里に直接向かったのでこの町には来ていなかったのですよ。だから、御伽噺でしか聞いたことのない海鮮丼をぜひとも味わいたいと夢見てやってきたのですが。

「ああ。海鮮丼に必要な魚は採れるのよ。その調理法もしっかりと伝承されてあるからね。だけど、海鮮丼に必要な【三種《さんしゅ》の食材《しょくざい》】が入手できなくなってしまったのよ」

「三種の食材ですか?」

「ええ。まず、炊き立てのご飯。これには米っていうのが必要でね。次にご飯の味付け用の寿司酢。そして海鮮丼どころか刺身にも必要な醤油。この三つがもう、入手不可能なのよ」

炊き立てのご飯に必要な米。

寿司酢、そして醤油。

私の記憶では、シャーリィの魔導書に追加されていた期間限定お取り寄せ品の項目にありましたね、一流店の寿司酢と丸大豆醤油は。

お米は定番商品としてあったはずですので、それを提供すれば食べることはできますけれど。

商人としては、この町の顔でもある海鮮丼がなくなってしまうのは寂しいものです。

「何故、もう手に入らないのか教えてもらえますか? 私は海鮮丼を食べるのを楽しみに、このサライまで来たのですけれど……せめて理由だけでも知りたいです」

「そうさねぇ……この町の北東の森の中にさ、ダンジョンがあるのは知っているかい?」

「ダンジョンですか?」

「ああ。実はね」

この港町の北東には、いくつかの村があったそう。

そこでは勇者様から教わった米、醤油、酢の作り方を代々伝えていたようです。

でも、しばらく前にダンジョンからモンスターが溢れ出す事件が起きたそうで。

運の悪いことに、国軍が到着した時には村はモンスターの手によって全滅、田畑も燃やしつくされていたそうです。

それからは、どうにか見様見真似で醤油と酢を作ろうとしていたそうですが、誰にも作ることができなかったらしく。

そしてとうとう備蓄もなくなってしまい、この町のすべての食堂や宿屋のメニューから海鮮丼が消えてしまったそうです。

「では、米はあるのですか？」

「今は米もなくてね。この町から外国に輸出していた米はあったけれど、すべて精米したものばかりさ。種籾《たねもみ》っていうものが失われてしまったから、もう米を育てることはできないんだよ……」

「が〜ん」

ああ、海鮮丼が食べられないなんて。

「まあ、他にもおいしい料理はあるから、それで我慢しておくれよ」

「はい、おいしいものが食べられるのなら大丈夫です」

そのまま部屋の鍵を借りて移動。

荷物を【アイテムボックス】に収納したら、いざ、露店へ出発です。

メルカバリーに引き続き、サライでも露店は大盛況です。

この町での人気商品は、衣服とアクセサリー。

そして、な、なんと時を刻む魔導具が飛ぶように売れます。

港町故、異国の商人さんも結構いらしているようで、それはもう大変な勢いです。

「あっちの露店から聞いてきた。ここの店が、異国のドレスの販売元だってな。あるだけ買わせてもらうよ」

「待ち待ち、独り占めはさせせんといて。うちは西方大陸の藍倭《らんわ》っていう国から来たんやけどな。このドレス、うちも買わせてもらうわ」

「この魔導具を四つだ!!」

次々と言われても困りますわ。

「ちょ、ちょっとお待ちください。買い占め禁止としたいので、お一人様五点にさせてもらっています。では、最初のお客様からどうぞ!!」

「それじゃあ、このドレスを三着と靴を二つ頼む」

「次は俺だな。魔導具を四つ、このネックレスを一つ」

「うちには反物《たんもの》を売ってくれんか?」

「反物ですか?」

あれ、あったようななかったような。

今回は仕入れていませんが、衣服を仕立てるための生地を購入したい方もいらっしゃいますよね。

それならば、仕入れてみましょう。

「今日はご用意できませんが、数日いただけたら一通りの生地を揃えられます。それでよろしいですか？」

「あ～、かまへんかまへん。どうせ国に戻る船が来るのは半月後やからな。そんじゃ、たまに寄らせてもらうで」

「はい、またのご利用をお待ちしています。では、次の方、どうぞ」

そんなこんなで、夕方の鐘が鳴り、フェイール商店は閉店です。

店を片付けてから宿に戻り、海の幸をふんだんに使った夕食に舌鼓《したづつみ》を打つ。

ああ、おいしいものは正義ですわ。

もう、パクパクですわよ。

そして明日の夕方までには商品を届けてほしいので、追加発注をしなくてはなりません。

「さて。それでは、己の欲望に忠実に従うことにしましょう」

米、酢、醤油。

これを少し多めに購入しましょう。

食堂に納品するのですから、異世界の袋とか瓶に入れたままでお渡しするわけにはいきませんね。

明日は朝早くに、道具屋さんで壺を多めに買うことにしましょう。

入れ替えるのは面倒ですけれど、異世界の商品の出どころを知られたくはありませんからね。

翌朝、朝食を取る前に、即日発送コマンドで商品を発注しました。

これで夕方には、商品が一通り到着します。

ということで、あとは安心して朝食を食べ、露店へ向かいます。

すでに大勢のお客様が集まっていますが、その中に不思議な一行の姿がありました。

「……あなたがフェイール商店の店主ね。この私、クレア・アイゼンボーグがあなたの店の商品をすべて購入しますわ！」

「はぁ。どちらの貴族様か存じませんけれど、当店の商品はお一人様五点までと決まっています。買い占めはお断りしていますので」

「あ〜？　うちのお嬢が買い占めるって言ってるんだ、素直に売りやがれよ」

クレアさんの側近らしき男性が、私に凄んできますけれど。

昔、王都で会ったことがあるスタイン軍務卿の方が強面でしたので、それほど驚きはしませんわ。

「うちのお嬢をどなただと思っていやがる？　本国カマンベール王国では名を馳《は》せたアイゼンボーグ伯爵家の令嬢で、魔導学園で気に入らないクラスメイトをいじめ、それが発覚して悪役令嬢というレッテルが貼られたんだぞ!!」

「しかもだ!!　婚約が決まっていた公爵家の長男から婚約取り消しを受けて、家から放逐《ほうちく》された可哀想な元悪役令嬢だ。本国からここまで旅をしつつ、商売を続けて財を成してきた苦労人だぞ!!」

あ〜。

さっきまでの勢いがなくなり、クレアさんが涙目で下を向いているのですが。

「そ、そこまで言わなくても……ヒック……」

「てめぇ!!　お嬢が泣いているじゃないか!!」

「いや、泣かせたのはあなたかと思いますが……」

「もういいわ!!　また来る!!」

あ……泣きながら走っていきました。

追いかけたいところですけれど、露店を放っておくわけにはいきませんから。

何事もなければいいのですけれど。


カマンベール王国の自称悪役令嬢さんは、お昼を過ぎてもいらっしゃいませんでした。

あの剣幕ですと、またすぐにいらっしゃるのではと待っていたのですが。

まあ、本日の販売予定商品も午前中でほぼ売り終わってしまいましたので、午後からは残りの商品を細々と売りつつ、【アイテムボックス】内の整理をすることにします。

「【アイテムボックス】！」

そう呟くと、目の前に羊皮紙が浮かび上がりました。

そして最近になって知った、この【パーティション】という追加機能。

その効果はといいますと。

「これは衣料品なので倉庫へ。これは食料品ですので食料庫へ」

【アイテムボックス】内を小さな倉庫のように区分して、収納してあるものを種類別に仕分けることができるのです。

それに伴って、羊皮紙に表示されるアイテムもしっかりと区別されまして。

衣料品、食料品、日用雑貨というように枚数が増えたのです。

しかも、この【パーティション】は細かく設定できるようですので、今日の商品、明日の商品という感じにしっかりと分けられるのですよ。

「……これは大変便利で……ってあら？」

考えるだけで区別してくれるのは助かります。

ということで、のんびりと余った試食品をつつきながら作業していますと、近くの木陰から突き刺さるような視線が。

「ふん。ようやく気がついたわね？」

「はぁ、声をかけていただければよろしかったのに。何かご用でしょうか？」

「朝も話したわよね？　あなたの店の商品を買い占めさせてもらうわ」

こちらを見ていたのは、今朝方の自称悪役令嬢さん。

まだ懲りていないようで。

お一人様五品までと、立て看板も用意してありますのに。

何が彼女をここまで意固地にするのかわかりませんわね。

「お断りします。ちなみにそちらの側近の方、実力行使に出るのでしたら商業ギルドを通して正式にクレームを入れさせてもらいますよ」

「くっ……」

キッパリと言い切ります。駄目なものは駄目。

「おうおう、お嬢がどうしてあんたのところの商品を買い占めたいか、その理由ぐらいは聞いてからでいいじゃないか？」

「うちのお嬢はな。自分よりも目立つやつ、モテるやつを常に見下し、罠にかけ、自分よりも下に陥《おとし》れるのが大好きなんだ。その結果、手を出しちゃならない相手に突っかかったあげく、その貴族の名誉を傷つけたんだぞ？」

「あまりにも素行が悪いということで王家まで巻き込んでの大騒動、結果としてとんでもない賠償金をお嬢の親が支払うことになったんだ……」

はぁ。

聞いてもいないことを教えていただきありがとうございます。

どこからどう見ても山賊か盗賊にしか見えない側近の方々、また後ろの方でお嬢さんが泣きそうになっていますわよ。

「しかもだ。お嬢は責任を取るために王都からも追放されたんだぞ？　親が立て替えた賠償金を自分で稼いで返したら戻ってもいいって言われてよ……わかるか？　お嬢の気持ちが」

「もう、あのグリフォンの若毛で作られたふんわり羽毛布団も、食べきれないほどの晩餐もない。着替えだって見てみろ、王都の仕立屋なんて使えないから、町の古着屋で買ったものを自分でつぎはぎして着ているんだぞ」

あ、あの、もうお嬢さんがうつむいて泣いているのですが。

これってあれですよね？　勇者語録のフレンドリーファイヤーっていうやつですわよね。

でも、貴族家から放逐された後苦労したとはいえ、自業自得なのでどうしようもないような気がしますけれど。

「お付きの方のお話は理解しましたわ。その上で、お嬢さん本人にお伺いします。私の店から商品を購入して、それをどう処理するつもりでしたの？　【アイテムボックス】はお待ちですか？」

ここに来るまで商売をしていたようですけど、普通の貴族の令嬢が【アイテムボックス】の祝福《ギフト》を所持しているとは考えられません。

【商品知識】スキルについては、学べばなんとでもなると思いますけれど。

「あ、【アイテムボックス】なんてないわ。この鞄が魔導具なのよ。内部空間を拡張する空間魔術が施されているの。ま、まあ、勇者様が持っていたもののように無限に入れることも、時間を止めることもできないけれど……」

「そうでしたか」

「この町に来てあちこちの露天商から話を聞いたのよ。あなたが売っている商品は、他の町に持って行けば二倍どころか十倍近い値段で買ってくれる貴族もいるって……それで稼いで賠償金を払えば、私はまた貴族の令嬢に戻れるのよ!!」

最後の方は涙声。

贖罪《しょくざい》のために、旅をしながらお金を稼ぐ。

貴族の令嬢とは思えない努力です。

「もう嫌なのよ……こんなゴワゴワした服を着るのも、まずい食事も懲り懲りなのよ……こんな努力なんて、貴族の令嬢である私には不釣り合いなのよ……うちに出入りしていた商人のように他人を見て媚び諂うなんてもう沢山!!　私は媚び諂われる方が好きなのよ!!」

うん、魂の叫びを聞きましたわ。

お嬢さんの本音も理解できました。

「はぁ……お嬢さんの気持ちはよくわかり……ませんわ。ということで、素直に五品だけ購入してもらえますか？」

「ちょ、ちょっと待ちなさいよ!!　この私のかわいそうな身の上を聞いて、それではいおしまいってどういうことなのよ!!」

「自業自得。まあ、方向が間違っているように感じますけれど、その努力は認めますので……六品で」

「十品よ、それ以上は無理!!」

「七ですね。これが妥協点ですわ」

「くっ……九ならどう？　そこまでなら私も我慢してあげるから」

はぁ。

ナチュラルに交渉術を身につけ始めていますね。

まあ、交渉術については、愚兄よりもマシというところでしょうか。

「はぁ。これ以上の話し合いは無駄ですね。八品、これがフェイール商店の最大の譲歩です。これ

が呑めないのでしたら、そちらとの取引自体もなかったことにさせてもらいます」

「八品……わかったわ。今回はそれで手を打ってあげるわ。さて、それじゃあ一番珍しいものを売って頂戴。貴族が泣いて飛びつくような品をね」

貴族が飛びつきそうな品ですか。

まあ、私の肌感では、この逸品が最も多く取引されていますね。

「かつて勇者が所持していたと言われている、時を刻む魔導具です。形や機能がバラバラなものを八つでいかがですか？」

フェイール商店のとっておき、ずらりと並べた時計の数々。

腕時計と懐中時計ですけれど、女性向けのレディースというものから、なんちゃらの復刻限定モデルとかいうものまで。

しかもそれはシリアルナンバーなるものが刻みつけられているようでして、今を逃すと手に入れることはできないようです。

「これは……船乗りたちが涙を流して欲しがるものね。それにこの装飾、どのような技術で作られているのか、さすがの私にも理解不能だわ。本国でも、このようなものを持っている貴族なんて存在しないもの」

「では、こちらの八品でよろしいですか？」

「即金で支払うわ。これを買ったらもうお金なんて何も残らなくなりそうだけれど、ここで買わないなんていう選択肢はないわ!!」

あら、気がつくと周りにも大勢の商人が集まっていました。

そして私たちのやりとりを聞いて、何やらウズウズしているようです。

「では、取引成立です。フェイール商店をご利用いただき、誠にありがとうございました……無事に本国に帰られることを、お祈り申し上げます」

「ふん。これを、この国の王都にいる貴族に売り飛ばして来るわよ。本国に戻って売りたいけれど、まだ帰れないからね……ありがとう」

代金を受け取り、商品を手渡します。

そしてお嬢さんは護衛の方々に守られて、私の露店から立ち去っていきました。

「さて……皆さんには申し訳ありませんが……時を刻む魔導具は売り切れました。他に何か欲しいものはございますか？」

そう説明すると、商人の方々が涙を流す勢いで絶叫しています。

本当に申し訳ありません、次の入荷でも仕入れていませんし、型録の方も在庫ゼロと表示されています。

ですから、今しばらくお待ちください。

はぁ。

また考え足らずに全部売ってしまいました。

反省しましょう。

◇　◇　◇

大急ぎでメルカバリーに駆けつけたブルーザ・アーレストは、シャトレーゼ伯爵邸を訪れた。

その目的は二つ。

異国の商人から異世界の商品を購入していたクリスティナ、彼女がどこに向かったのか知ること、そして彼女に異世界の商品を売っていた商人の足取りを掴むことであるのだが。

「アーレスト侯爵様、誠に申し訳ありませんが、フェイール嬢が取引をしていた商人については、手がかりが何も掴《つか》めませんでした」

「そんな馬鹿な。商人がこの街を出入りする際、【身分証《みぶんしょう》】で身元は確認するのであろう？　その時の記録などはなかったのか？」

ハーバリオス王国では、すべての国民に身分を証明する書類を発行している。

出生地の長もしくは教会は【身分証生成器《みぶんしょうせいせいき》】という魔導具を用いて、生まれた子どもたちの魔力を登録する。

これによって登録された魔力をもとに、身分を証明する書類が発行される。貴族が発行するものは【国民証《こくみんしょう》】、教会並びに市町村の長が発行するものは身分証と呼ばれている。

また他国からやってきた商人や旅人、冒険者はギルドカードもしくは仮証明書を発行してもらい、身分を確認できるようにしている。

「いえ、フェイール嬢がメルカバリーに滞在している間に出入りしていた商人は調べてあります。

ですが、彼女が仕入れを行っていた商人については、出入りしていた形跡がありません」

「……そうなると、クリスティナ自身が、異世界から商品を取り寄せるスキルを身につけた可能性が高いか」

そうブルーザが結論をつけようとするが、傍で待機していたローズマリーが紅茶の交換を行いながら発言する。

「いえ、出入り業者や商業ギルドの関係者から聞いた話ですが。彼女が泊まっていた宿や露店の場所に、異国の商人がやってきて荷物を下ろしていたのを見ていた人がいらっしゃいます。それも、結構な人数が確認していたので間違いはありません」

「ふぅむ。その異国の商人と話をした者はいないのかな?」

「はい。直接取引をしたいと思っていた商人は大勢いたようですが、話をする前に馬車が走り出していたようでして。そこから先、どこに向かったかという報告は受けていません」

まさに、それは神出鬼没《しんしゅつきぼつ》の商人であると言えよう。

「そうか……フェイール商店は、次はどこに向かったかわかるか?」

「それは聞いていません。ですが、南門から出たという話は聞いていますので、港町サライか、その途中から西に向かって森林都市ファンタズムへ向かったか、そのどちらかでしょう。サライに向かったのならもう到着しているかと思いますが」

「サライ……そうだな。そこに向かったのだろう。ありがとう」

そう告げて、ブルーザは席を立つ。

「もしも侯爵様と入れ違いになりましたら、ここに留まるようにお伝えしますか？」

「そうしてくれると助かるな。では、失礼する」

そのままブルーザは南門から街を出ると、まっすぐに港町サライへと向かっていった。


——王都にて。


その日、オストールは自宅で謹慎していることに耐えられず、こっそりと南支店へと向かった。

「くそっ……ええい忌々《いまいま》しい!!　私がこんな目に遭っているのはすべてクリスティンのせいだ。あいつがしっかりと仕入れをしておけば、私がこんな目に遭うことはなかったんだ!!」

謹慎を言い渡されているため家紋の入っている馬車を使うことができないオストールは、王都内を巡回する乗り合い馬車で移動していた。その移動中でさえ、オストールはブツブツと不平不満をこぼしている。

「この私が、こんな見窄《みすぼ》らしい馬車に乗るなど……」

オストールの胸に再び怒りが込み上げるが、ここで文句を言って騒動が起きると面倒になる。怒りをグッと堪えて南支店へと向かうと、事務室に入って開口一番。

「マティーニ!!　マティーニはいるか！」

「は、はいオストール様。今日はどうなさったのですか？　確かオストール様はご自宅で謹慎中と伺っていたのですが」

「そんなことはどうでもいい!!　クリスティンを罠に嵌める書類はできたのか？」

「そ、それがですね……作ろうとしていた時に旦那様がやってきて、一緒に連れてきていた事務官がすべてを調べていきました……間に合わなかったのです」

——ダン!!

力一杯、机を殴りつけるオストール。

「すべてが嘘だとバレたのか……いい、俺が直接、王城で話をつけてくる。納品の延期を頼んでくるから、馬車を準備しろ」

そうオストールが叫ぶが、マティーニはブルーザに『決して、オストールを王城に向かわせないように』と命令されていた。

「それがその……オストール様を王城へ向かわせるわけにはいかないのです。旦那様が、すべてを処理すると」

「う、うるさい!! 勇者御用達商人は私だ。アーレスト家の次期当主、アーレスト侯爵家を継ぐのは私だ!! この私の言うことが聞けないのか!」

オストールが癇癪《かんしゃく》を起こして叫ぶが、マティーニは頭を左右に振ってその場から動かない。

すると、その時。

「ち〜っす。勇者御用達商人のアーレスト商会って、ここでいっすか〜?」

「納品の状況について確認したくて来たのですが。責任者はいらっしゃいますか?」

勇者の一員、柚月と紀伊國屋が、南支店にやってきたのである。

数日前に宰相から聞いた話では、もう少し納品に時間がかかると言うことであった。

だが、柚月の甘味中毒とも言える状態をどうにかするため、二人は納期の確認をしにアーレスト商会へやってきたのである。

そして、このタイミングで、オストールの頭の中に妙案が浮かんだ。

「これはこれは、勇者様方。本日はどのようなご用件でしょうか？」

「さっきも言ったし。この前、発注したものがあるでしょ？　それの納品時期が知りたかったし」

「最初は口から出まかせと思っていましたが。あのようなものを届けられては、見くびっていたことについて一度頭を下げたほうがいいと思いましてね」

「え……あ、あ、はい。その件につきましては、こちらの誠意ですからご安心ください。それと納品時期についてですが、実は困ったことになっていまして」

身に覚えのないことで頭を下げられたこと、そしてクレームではないことを察知して、オストールは饒舌になってしまう。

「ほう、困ったこととは？」

「いえ、そちらに届けるはずの商品ですが、実は元支店長が横領し王都外に持ち逃げしてしまったのです」

これで、失敗をクリスティンに押しつけられるとオストールは確信した。

ブルーザに計画がばれていようと、勇者に直訴すれば自分の罪にはならない。

歪み切った精神が表れたオストールの顔を見た紀伊國屋は、メガネをクイッと上げた。

「まあ、それにつきましては私たちには関係ありませんので。そちらも商会経営を行っているのであれば、すぐにでも追加発注するなり、手を打ってもらえますよね？」

「……え？　追加発注？」

——親父と同じことを言うなんて……いや、そんなことよりも、今は盗み出したクリスティンの追及をするべきなんじゃないのか？　このまま勇者たちがクリスを追いかけて始末してくれれば、私の失敗はなかったことになるだろう？

そう考えつつも、頭の中がぐるぐると回り始めるオストール。

「ええ。可能ですよね？　先日も納品が遅れるということで、私たちの世界の薬用酒を届けてくれたではありませんか。今の話ですと、私たちが望むものも一度は手に入れられたようですから、再度、発注をお願いします」

「あ〜し、もう甘味がないと限界だし。武田っちもコーラとピザの禁断症状が出たらしくて、布団に包まって動かないし。訓練にも何にもならないから、早めにね」

「え、は、はい、すぐにでも……」

「では、よろしくお願いします」

「それじゃあバイビ〜」

ご機嫌な柚月と紀伊國屋が南支店から出ていく。

そしてオストールは、その場にへたり込んでしまう。

「な、なんでこうなるんだよ。俺の責任じゃないだろ、盗んだクリスティンを責めろよ……俺のせいだって言うのかよ」

そう呟くオストールを見て、マティーニは頭を左右に振ることしかできなかった。

◇　◇　◇

港町サライに、夕方の鐘が静かに鳴り響いています。

それと同時に、町の大通りをゆっくりと走ってくる黒い馬車。

やがてそれは私の露店の前に止まり、中から黒ずくめの配達の女性、クラウンさんが降りてきました。

「お待たせしました、型録通販のシャーリィです。即日発送の荷物をお届けに参りました」

「はい、ありがとうございます。支払いはいつも通りに、チャージでお願いします」

【アイテムボックス】からシャーリィの魔導書を取り出して提示します。

クラウンさんが手をかざし、支払いはこれで完了です。

今日の分の売り上げも、次の仕入れまでにチャージしておかなくてはなりません。

その後はいつものように積み荷を検品したのち、私は【アイテムボックス】に収めます。

相変わらず私の周りでは、好奇心旺盛な商人たちがじーっとこちらを見ていますけれど、もう慣れっこになりましたね。

「はい、これで完了です。こちらは追加の納品書です。次の配達は四日後ですので、追加発注がありましたら、それまでによろしくお願いします」

「はい、ありがとうございます。今回は新しい型録はないのですね？」

「ええ。来月分はまだ到着していませんので。それと、次の通販会員レベルまでは、ちょうど折り返しですよ。これからも頑張ってください」

あら、もう次のレベルが見えてきました。

前回は即日発送でしたが、次のコマンドはなんでしょうか。

ちょっとワクワクして配達の方を見ていますと、ニッコリと微笑んでくれました。

「次のレベルでの追加コマンドは【配達先指定《はいたつさきしてい》】です。あらかじめ登録した届け先に、私たちがお荷物を届ける仕組みです。ではこれで失礼します。今後とも型録通販のシャーリィを、どうぞごひいきに」

「は、はい、ありがとうございました」

ガラガラガラと馬車が走っていきます。

さて、周りの商人さんたちが何か話したさそうですけど、今日はこれでおしまい。

また明日、よろしくお願いしますということで露店をたたんで宿に向かい部屋に入ると、さっそく作業を開始します。

「ええっと。まずはお米の入れ替えから……」

夢にまで見た海鮮丼、それを食するためにはまず、食材を料理人に提供しようと思うのです。

入手ルートについては商人ですので秘匿《ひとく》ということで誤魔化し、少し多めに食材を渡すことにしましょう。

今朝方、道具屋さんで購入した壺を【アイテムボックス】から取り出して、お米と寿司酢、醤油をそれぞれの壺に収めます。

まあ、さすがにすべてを入れ替えることはできませんでしたので、ある程度だけ。

お米は十キロ袋一つ分です。

この重さの単位を制定したのも勇者様だそうですよ。

「ふぅ。これで出来上がり……それでは、交渉に出かけましょう」

移し替えたお米などを【アイテムボックス】に戻して、さっそく、宿の女将さんの元に向かいます。

ちょうど食堂も一段落しているようですので、これはチャンスですわ。

「あの……ちょっとお願いがあったのですけど、よろしいでしょうか？」

「ん？　今はお客さんも少ないから、私にできることならまあ。とりあえず、何をお願いしたいのか聞かせてもらっていいかい？」

「実はですね……海鮮丼が食べたいのですよ」

そう切り出すと、女将さんは残念そうな顔をします。

「その件は、昨日も説明したよね」

「ええ。ですので、とあるツテで、これを用意したのですが。これで海鮮丼は作れますか？」

【アイテムボックス】からお米の入った壺を四つ、醤油と寿司酢の壺をそれぞれ三つずつ取り出してカウンターの上に並べていきます。

すると女将さんは、怪訝そうな顔で壺を眺めています。

「中を確認しても？」

「ええ、どうぞ」

パカッと蓋を開いて、中身を確認する女将さん。

そして驚いた顔でお米を手に取ると、次は醤油、寿司酢の壺を覗いて味を確認しはじめました。

「ちょ、ちょっと!!　これをどこから仕入れたんだい？」

「それは秘密です。偶然ですが、こちらをお持ちの商人の方がいたのでお願いしました。これが在庫のすべてだそうですし、その商人さんもこの町から出ていきましたので、入手ルートは私にも不明です」

「買うわ、これはうちで買い取らせて頂戴。お代はいくらになる？」

「ええっと……では、こちらをそれぞれ一つずつ、これは差し上げますので、私に海鮮丼を食べさせてください。残りのお米と寿司酢、醤油は……」

頭の中で原価計算。

そして【万能鑑定眼】と【商品知識】から算出した金額を告げますと、即金で支払ってくれました。

「ありがとう!!　それじゃあさっそく、海鮮丼を用意させるね。少し時間がかかるから、出来上がったら部屋まで呼びに行くよ」

「はい、よろしくお願いします」

女将さんは壺を厨房へと運んでいきます。

ちなみに私と女将さんのやりとりは、近くの席にいた商人さんなどの耳にも届いていたようで。

周囲が何かそわそわしていますけれど。

特に、近くの席にいたエルフの二人組、私をず～っと見ています。

エルフって耳がいいから、私と女将さんの話が聞こえていたかもしれませんよね。

まあ、そんなことは気にせず、部屋でのんびりと待つことにしましょう。


——一時間後。


女将さんに呼ばれて食堂に向かいますと。

厨房から、酸っぱい香りが漂ってきます。

「こ、この香りは酢飯ではないか!!　女将、どこからこれを手に入れた!!」

「馬鹿な、あの村は滅んだはずだ。もう寿司酢を作る技術も材料も失われてしまったはず……まだ残っていたのか？」

「勇者丼か、勇者丼が食えるのか!!」

もう、食堂が騒然としています。

そんな騒ぎをよそに、女将さんが私の目の前に晩御飯を運んできてくれました。

「お待たせ。これが、お嬢さんの求めていた勇者丼だよ。ありがとうね」

「勇者丼……噂の海鮮丼。もう食べられない幻の食事!!」

さっそく、フォークを手に海鮮丼を食べることにします。

ええっと、この緑色のワサビとかいうものを醤油に溶かして。

これを上からかけるのですよね？

あまり多くかけるとしょっぱかったり辛かったりするそうなので、まずは加減して少しずつ。

――パクッ!!

うわぁ。

ツーンと鼻に抜けるワサビの香り、そして辛さが舌全体に広がってから。

お刺身の旨みとお米の甘さ、酢の酸味が絶妙にマッチング。

これは、止まりませんわ！

パクパクパクパク!!

やめられない、止まらない。

そして私が食べているのを見て、近くのお客さんも海鮮丼を注文しています。

さっき店の中で叫んでいたお爺《じい》さんなんて、海鮮丼を食べながら泣いているではありませんか。

「こ、これは、わしの村の味……もう帰れない村の味が、まだ残っていたのか……」

「そうか、爺さんはあの村の出身だったよな……」

「それなら爺さん。寿司酢と醤油を作れるんじゃないのか!!」

「米がなければ無理だ。それに大豆もない……普通の豆ではこの味は出せないし、そもそも村でしか醸造することができないのじゃよ」

うん、店内が物凄く盛り上がっているようです。

あのお爺さんが、かつてお米を栽培し醤油と酢を作っていた村の住人であったことは理解できました。

でも、もう材料が存在せず、村でしか醸造とかいうのができないらしいのです。

「ふはぁぁぁぁ。ご馳走様でした!!」

「はい、お粗末様。本当にお嬢さんには感謝してもしきれないね。でも、本当にこれをどこで手に入れられたかわからないのかい?」

「ええ。残念ですけど」

「そうかい。種籾というのがあれば、お米は復活できるってあの村出身の爺さんが息巻いていたんだけどね。それも手に入らないかい?」

種籾ですか?

ひょっとしたらあるかもしれませんね。

これは、調べてみることにしましょう。

「次に商人に会うことがありましたら、尋ねてみますね」

「よろしく頼むよ」

さて。部屋に戻ってシャーリィの魔導書を確認しますけど、さすがに種籾は取り扱っていないようです。

そのまま魔導書を閉じて指輪の中に収納して……

あれ……

何か眠くなって……きま……これって眠りの……魔……じゅつ……

◇　◇　◇

夜。

港町サライのとある宿の二階から、二つの人影が舞い降りる。

一人は魔術で眠らされたクリスティナを肩に担《かつ》いでおり、もう一人は夜の闇の中、どこかに向かって口笛を吹いている。

音自体は大きくない。

だが、魔力が乗っている口笛が周囲に響くと、上空から黒いワイバーンが降下してくる。

昼間ならいざ知らず、この闇の中ではその姿を確認することはかなり難しい。

明かりの乏しい闇の中でなら、なおさらにそれは彼らを隠すのに好都合であろう。

「エリオン、この小娘が種籾泥棒の可能性があるんだよな？」

「わからん。だが、もう里の外では失われてしまったと言われている米を持っていたのだ、盗賊のことについても何か知っている可能性がある」

「判断は長老様に任せるか。まずは、この女を連れていく」

そう話しながら、二人の人物はクリスティナをワイバーンの鞍《くら》に固定する。

そしてワイバーンに飛び乗ると、彼らはそのまま夜の大空へと高く飛んでいった。

◇◇◇

窓のない狭い部屋。

木を削った硬いベッド、そこに毛布が二枚だけ。

目の前には鉄格子が嵌められていて、その向こうにはエルフが二人立っています。

「……確か。私は、宿で商品の確認をしていたはずですが」

意識を失う前のことを、少しずつ思い出してきました。

おそらく、私は魔術で眠らされてしまいました。

しかも、そのままどこかに連れ去られてしまい、今に至るということのようです。

まずは、現状を確認させてもらいましょう。

ちなみに私がそれほど慌てていないのは、万が一の時の覚悟については幼い時によく聞かされていたからです。こう見えても貴族の娘として生まれていますので。

その時になったら、尊厳を守るための死は覚悟していますけれど、最後の切り札も残っていますから、それについてはまだ考えなくていいでしょう。

「あの、すみません‼　ここはどこなのでしょうか?」

「犯罪者にそんなことを教えるはずがないだろうが。これから貴様は裁判にかけられる。それまでは、そこで静かにしていろ」

「裁判？　はぁ？　私が何をしたと言うのですか？」

「種籾泥棒だ。里で保管されていた種籾を盗み出した罪だな。サライで海鮮丼が復活したらしいが、それに使われている米は、貴様が提供したものだろうが」

若いエルフはやや声を荒らげつつ、私に向かってそう説明します。

いや、これは完全に誤解されているようですね。

どうにかして誤解を解かなくてはなりません。

「私は商人です。私があの宿に卸した米などは、すべて私が仕入れたものです」

「嘘をつけ!!　あの日、港に入った船はすべて調べてある。そしてどの船からも種籾や米を下ろしたという情報はない。つまりお前が種籾を盗み出したのだろうが!!」

「はぁ。ですから、私は盗んでいませんって……」

どれだけ話しても、私が盗んだと決めつけて話を聞こうとはしません。

すると、鉄格子の向こうにある扉が開き、老齢のエルフたちが入ってきました。

「ライオットや。エリオンたちが捕らえた泥棒というのは、この小娘のこと……おや？」

「これは長老様。この薄汚いハーフエルフが種籾を盗んだに違いありません。さっきからこいつはやっていない、無実だと叫んでいますが、所詮は混じり者の戯言です。後で裁判にかけますので」

私と言い争いをしていたライオットというエルフは、勝ち誇ったように長老に話をしていますけど。

今、部屋に入ってきたのは、この村の長老なのですよね？

気のせいかもしれませんが、長老は私の知っている方のように見えるのですけれど。

「そこにいるのは……まさか、クリスティナかい？」

「やっぱりお祖母様《ばあさま》!! っていうことは、ここはユーティリアの森の、フェイールのエルフの里ですか？」

「サライの近くのエルフの里なんて、ここぐらいしかないじゃないか。ライオットや、その子を牢から出しなさい」

ユーティリアの森のエルフの里は、お母さんの生まれ故郷。

そして長老様はお母さんのお母さん、つまり私の祖母になります。

「いや、ですが長老様。こいつは薄汚いハーフエルフです」

「ああ、確かにこの子はハーフエルフだよ。だけど私の娘、マルティナの子だからね。それで、私の大切な孫が薄汚いって？」

「え、い、いや、それは」

「早く牢を開けなさい!!」

「はい、失礼しました!!」

――ガチャッ！

ようやく鉄格子の嵌まっている扉が開かれました。

私はそこから身体を出して伸びをすると、お祖母様の前に出て頭を下げます。

「お祖母様とお会いしたのは三年ぶりですね、お元気でしたか？」

「まあね。それよりも、なんでこんなところに閉じ込められたんだい？」

「それがよくわからないのですよ。さっきからずっと、この人が私のことを種籾泥棒だって決めつけて、話を聞いてくれないのですよ」

私の話を聞いて、お祖母様の耳がピクピクと動いています。

「ライオット。クリスティナをここに連れてきたのは誰だい？」

「は、はい！　エリオンとゼオンの二人です。サライの町で怪しげな商人を捕まえてきたと言っていました」

「ほう。それなら、二人には後で私の家に顔を出すように伝えてくれるかい？」

「はい!!」

「しばらくは……重労働の罰だね。本来ならそれだけじゃ済まされないんだけど、今の状況が状況だし……クリスティナ、それで許してくれるかい？」

ライオットさんはまるで借りてきたワイルドウルフのように、身体から魔力を垂れ流して返事を返しています。

エルフは緊張が限界を超えると、たまに魔力を漏らすのですよね。

でも、それは修行が足りない証拠だってお母さんが話していました。

「はい。お祖母様がそうおっしゃるのであれば。私は攫《さら》われて閉じ込められて罵倒《ばとう》されたぐらいですし、その程度でしたら」

「そうかいそうかい。もう少し罪を重くしておこうかね。さてと。クリスティナはついておいで。まずは湯浴みをして体を休めた方がいいだろう？」

「ありがとうございます。では、そうさせてもらいます」

危ない危ない。

罵倒なんて、あの継母やオストールに散々されてきて慣れてしまいましたから。

これでようやく落ち着けそうです。

けれど、私がこの里に来ていなかった三年間で、いったい何があったのでしょうか。


湯浴みを終えて着替えをして。

お祖母様の屋敷にやってくると、奥の間でお祖母様が二人のエルフから話を聞いているところでした。

『それじゃあ、クリスティナが宿に米やら醤油を卸したから、あの子が種籾泥棒だって決めつけたのかい？』

『はい。数日前からの調査でも、あの町で種籾を取り扱った商人は存在していません。ですが、あの少女は突然、我々の知らないところから米を入手し、店に卸したのです。何を疑う必要があるのですか？』

『ふぅん。それじゃあ、あの子がどこから米を入手したのか、それがわかれば誤解は解けるっていうことだね？』

淡々と話を進めるお祖母様。

これにはエリオンさんも、素直に頷いています。

『さて。クリスティナを呼んできてくれるかい？』

「あ、はい!!　ここにいます」

ちょうど部屋の前にいたので、すぐに部屋に入ります。

「クリスティナ。お前が米を持っているという理由だけで、この男たちは村に残されていた種籾を盗んだと考えているようだ」

「お祖母様。そもそもの話として、なんでここに種籾があるのですか？　お米を育てていた村は、ダンジョンのモンスターの大氾濫《だいはんらん》で滅んだと聞いています。生き残った方も、もう種籾がないから米を作ることはできないと仰っていました」

ここ、大切です。

「この里はね。初代勇者様からいくつかのお願いをされていたんだよ。それと引き換えに、この里は人間の目に触れないように【迷《まよ》いの結界《けっかい》】によって守られていてね……そのお願いの一つが、米を守ることなんだよ」

かつて、お米を育てていた村は、毎年、一定量の種籾や大豆、小麦などをエルフの里に届けていたです。里側はそれを一定の量保存して、残りは里の民の食料にしていたとか。

その理由は、もし人間の村が飢饉《ききん》や天災に見舞われ米を作ることができなくなった時に、この村から種籾などを持ち出して分け与えてほしいと勇者に頼まれていたから。

エルフの精霊魔導師の中にはちょうど保存魔術を使える者がいて、里としても特に断る理由はないとその役目を引き受けたのです。

それから毎年、種籾が里に運ばれて来ていたそうですが、村が滅んでからはそれが途絶えてしまいました。

それを不思議に思い、町に降りて人間に尋ねたエルフは、大氾濫のことを知ったそうです。

村ごと滅んでしまっては、米を分け与える相手もいません。

どうするかと悩んでいたところ、里である事件が起きました。

つい先日、村の倉庫から種籾が盗まれてしまったそうです。

倉庫の半分を占める種籾と大豆、それと麹とかいうものまで。

もう一つの倉庫に保管されていたものは辛うじて無事だったそうですが、そこを守っていたエルフたちは酷い怪我をしたとかで。

「なるほど。それでエリオンさんたちは、私が持っていたお米が里から盗んだ種籾を精米したものであると思ったのですね？」

「それ以外に、どうやってそれを手に入れる方法がある？　答えられるか？」

誤解を解くためにも、あれを出さなくてはならないようですが。

まあ、お祖母様ならわかっていただけるでしょう。

――スッ。

私は指輪からシャーリィの魔導書を取り出します。

「魔導書だと!!」

咄嗟《とっさ》にエリオンさんが身構えますが、お祖母様がそれを制しました。

「クリスティナ。【精霊魔術】をいつ覚えたんだい?」

「覚えていません。【精霊魔術】の祝福《ギフト》は授かっていますけれど、使ったことはありませんわ。私は【精霊魔術】とは別の方法でこの魔導書と契約しました」

「……エルフにとって、魔導書や老木の杖などは精霊と深く心を通わせるために必要なものであり、とても大切なもの。一人一冊の魔導書、もしくは一振りの杖のどちらかと契約することにより、精霊から力を得て魔術が使えるようになる」

つまり私は、【精霊魔術】はもう使えないということですね。

その代わりに、型録通販のシャーリィと取引できるようになったのかもしれません。

「それを見せてもらえるかい?」

「はい、どうぞ」

一度でも契約した魔導書や杖は、他人が使うことも契約することもできません。

それはエルフにとっても、人間の魔導師にとってもあたりまえだそうです。

でも、そこに宿る力を感じることぐらいはできるらしく。

お祖母様は魔導書をしげしげと見て、はっと息を吞みました。

「この魔導書は、マルティナが嫁入り道具としてアーレスト侯爵家に持っていったもののはず……

だがかつては、誰もこの魔導書と契約することはできなかった。それどころか、魔導書に宿る力を感じ取ることすらできなかったんだよ。だが、今なら……」

お祖母様がシャーリィの魔導書に手を当てて、何かを唱えます。

すると、魔導書から精霊の力が溢れてきました。

その溢れ出る精霊の力を見て、その場のエルフたちは畏怖《いふ》し、あるいは歓喜して頭を下げます。

「……なるほどねぇ。エリオン、この力が何か理解できたかい？」

「せ、精霊女王様……シャーリィ様の力……です」

「そうだねぇ。初代勇者様の一人、カナン・アーレストを敬愛していた精霊女王シャーリィ様だね。その女王の力を持つ魔導書と契約したクリスティナが、エルフを裏切るとでも思うのかい？　そうすることを、女王は赦《ゆる》すと思うのかい？」

「い！　いえ……大変申し訳なく……」

うわぁ。

当人である私には何も理解できないのですけど。

でも、確かに精霊女王のお名前はシャーリィでした。

偶然かなぁと思ったのですが、まさか本物だったとは。

「それじゃあ、これはクリスティナに返すね。大切に、なくさないように」

「はい、ありがとうございます」

「それじゃあ、これで種籾の件はおしまい。盗賊についてはこのまま調査を続けてもらう……いいね？」

「御意」

お祖母様の言葉で、この場はどうにか収まりました。

さて、それにしても盗まれた種籾は、どこにいったのでしょうか。

それと、まだ残っている種籾があるのでしたら、それで米を、酢を復活できるかもしれません。


その後、私はお祖母様と一緒に、里の中を歩いています。

港町サライから北西に位置するこの森の中央には、【フェイール氏族《しぞく》】と呼ばれているエルフの集落があります。

初代勇者の魔術により、集落全体は迷いの結界により保護され、今もなお勇者との約定を守るためにフェイールのエルフはひっそりと生きています。

そんな閉鎖的なエルフの里であるから、外の世界に憧れて旅立つエルフも少なくはありません。かといって、里のエルフは外に出たエルフを排他的に見ることもなく、長い旅を終えて帰って来ても普通に受け入れるそうで。

フェイールの氏族は、よく言えば懐が深いエルフであり、悪く言えばお人好しの集団なのだとか。

「なるほど。私のお母さんが外に出た理由は、種籾の輸送を手伝って里を訪れたお父様と出会ったからなのですか」

「まあ、アーレストの血に惹かれたんだろうねぇ。その結果、外の空気に馴染めず病気で亡くなるなんて……」

「サライの崖の上にお墓を作ってあります。もしサライに向かうことがあれば、お墓参りをしてあげてください」

「そうさせてもらうよ……と、さて、あやつらが騒がしいから注意してくるか」

お祖母様が振り返ると。

久しぶりに帰ってきた私を一目見ようと、大勢のエルフが集まっていました。

「少しは静かにしたらどうなんだい!!」

「だってよ、マルティナの娘さんが帰ってきたんだろう？　ついこの前帰ってきた時はまだ小さかったのに、こんなに大きくなっているからさ」

「はぁ……確かにクリスティナはハーフエルフだから、私たちよりも成長は早いけどねぇ……だからと言って、こんなに集まってきたら、騒がしくて落ち着けやしないよ」

村人に向かって怒鳴っているお祖母様。

でも、どこか嬉しそうです。

私も半分はエルフなので、この森の中はすごく落ち着きますから。

「あ、そう言えば。エリオンさんたちは、この里のエルフではありませんよね？」

「彼らはカナールの氏族のエルフだよ。守っていた世界樹がモンスターに燃やされて加護を失ったらしくてね。この里まで逃げ延びてきたんだよ」

「そうなのですか」

エルフの里には、必ず世界樹が生えています。

それには森を豊かにし、生命に活力を与える力があります。

このフェイールの集落にも、中央には世界樹がそびえていますね。

「ああ。カナールの氏族は東のメメント大森林の中にあってね。その向こうに魔族の帝国があるじゃないか。ここ数年は、大森林の所有権を巡ってこの国の王族と帝国が揉めているらしく、小競り合いが続いているんだよ。森林の外れのダンジョンでモンスターが大氾濫したのだって、魔族が手引きしたって噂じゃないか」

「それで、新しく勇者様が召喚されたんですね。なるほど！」

思わずポン、と手を叩いてしまいましたが。

これにはお祖母様も驚きです。

「なんだって？　勇者がまた召喚されたのかい」

「はい。私がアーレスト家を勘当された数日後に召喚されたはずです」

「勘当？　クリスティナや、いったい何があったんだい？」

「あ、あれ？　まだ説明していませんでしたか。実はですね」

私は自分の身に起こったことを説明します。

その途中でシャーリィの魔導書と契約したことや、型録通販のシャーリィから異世界の商品を購入し、商売をしていることも。

まあ、型録通販の件については、秘密にとお願いしましたけど。

「なるほどねぇ。帝国の動き、それによる王国での勇者召喚。さらにクリスティナが勘当されてシャーリィの魔導書が覚醒した。これも運命なのかもねぇ」

「お祖母様!!　ひょっとしたらシャーリィの魔導書には魔族に対抗する切り札が隠されているとか？」

「いや、さっき触れてわかったけれどね。それは本当に、異世界の商品を購入することしかできないね。戦う力もないし、身を守る力もない。本当に商人のための魔導書だよ」

商人にとっては最強の魔導書。

つまり、私にとっては最強!!

「そうですか。まあ、私は戦う力なんて欲していませんので、それでいいかもしれません」

「そうかいそうかい。クリスティナがそう思うのなら、それで構わないんじゃないかい」

「それでですね。お祖母様、まだ種籾は残っているのですよね？」

「ああ。少しなら、残っているよ」

「実は、お願いがあります!!」

お米を栽培していた村。

今はもう、その村は存在していません。

けれど、たまたま村から出ていたおかげで生き延びた人々もいます。

そして彼らは、お米の栽培方法を知っています。

たとえば宿にいたお爺さんなら、きっと種籾さえあればお米を蘇らせてくれるでしょう。

そう期待して、お祖母様に事情を説明しました。

「……事情はよくわかった。それじゃあ、種籾じゃなく苗を持っていくといい。この里でも少しだけ、お米は栽培しているんだよ。あと醤油と、酢や味醂、味噌というものも作っている……すべて初代勇者様が伝えたものでね。作り方は里の秘伝として残してあるんだよ？」

「え？　私は聞いたことがありませんよ」

「そりゃそうだよ。フェイールの長とその一族にのみ伝えられていたからね。マルティナにも教えていたけれど、それをクリスティナに伝える前に亡くなったからねぇ……」

勇者が伝えた秘伝の味。

とっても興味があります!!

「お祖母様、ぜひともこの私にも!!」

「クリスティナは、今は何歳だい？」

「人の数えで……十六です」

「エルフの成人になったら教えてあげられるよ。ハーフエルフの寿命は私らの半分以下だけど、それでも人間の五倍はあるからね。人の数えで五十になったら教えてあげるよ」

感動です!!

あの醤油を作る技術を、この私も覚えることができるなんて。

まるで、夢のようです。

「さてと。それじゃあ、苗を渡すからついておいで。ちゃんとクリスが信用できる人に渡すこと。まあ、この村には種籾も苗もあるから、万が一のことがあっても大丈夫だけどね」

「でも、盗まれたのですよね……また盗賊が来たら」

「もう手引きしたエルフは捕まえて牢に入れてあるから問題はないよ。どこかの貴族と手を組んでいたらしいけれど、その貴族は存在しなくてね……偽名だったらしく、足取りが不明なんだよ」

どうやら種籾泥棒は、かなり大がかりな組織のようです。

これは私も気をつけなくてはなりません。

そんなこんなで数日間は村でのんびりとしてから、苗を五十個預かってサライへと戻ることにしました。


——ブァサッ、ブァサッ！

深夜。

エルフの里を出た私は、ルーフェスというエルフの騎士の方の操るワイバーンに乗ってサライの町へと戻ってきました。

エリオンさんたちは私を捕らえた罪により重労働刑を科されるそうで、どのような労働なのかを尋ねてみたのですが。

『それは教えることはできない』というお祖母様の言葉で、なんとなく聞いてはいけないことだと察しました。

そして人気《ひとけ》のない通りを見つけると、そこにワイバーンはゆっくりと着地、私もぴょんと飛び降ります。

サライに戻ってこられたのは、実に一週間ぶりかもしれません。

里からサライまでは、ワイバーンに乗った移動でも半日以上はかかりますから。

「我々はワイバーンを近くの森に置いてきます。明日にでも、例の村の生き残りという老人に会わせてくださいますか？」

「まだ、お爺さんがお米を育てられるか確認していませんからね。それが終わるまでは、待っていてください」

「承知。それでは」

護衛を含む三頭のワイバーンは一気に高度を上げていきます。

そして上空を旋回すると、森の方へ飛んでいきました。

さて、夜中にいきなりいなくなったので、きっと心配しているでしょう。

宿までおそるおそる戻っていき、店内に入ってみますと。

「お？　おおお？　おやおやおや？」

「女将さん‼　フェイールさんが戻ってきたぞ」

「なんだって‼」

あ～。

やっぱり店内が騒がしくなりましたよね。

奥の方から女将さんが走ってきます。

「無事だったのかい。本当に心配したんだよ……」

「申し訳ありません。人攫いに攫われてしまったのですが、どうにか助けが来たので……もう大丈夫です」

うん、嘘はついていません。

エルフの里について正直に話してしまうと、かなり面倒なことになりそうですので。

「人攫いかい。それで、その人攫いはどうしたんだい？」

「私を助けてくれた人たちが処分しました。それよりも、私の部屋、まだ残っています？　荷物が置きっぱなしだったので」

「それは大丈夫だよ、荷物は別の部屋に置いてあるからね。それよりも、今日は泊まっていくのかい？」

「はい。とりあえず一泊、お願いします」

一泊分の支払いを終えて、今日は久しぶりにふかふかの布団で眠ることができます。

エルフの里の布団は薄いけれど、手触りが最高でした。

両方とも、もしも仕入れ可能ならぜひとも仕入れたい逸品です。

翌日の朝。ルーフェスさんと合流し、例の村の生き残りのお爺さんとこっそり相談。

朝食を取りに宿の食堂まで来ていましたので、耳打ちをして町の外れに移動します。

『壁に耳あり商事にメアリー』という勇者語録がありまして。これはいつどこで、誰が聞き耳を立てているかわからないから気をつけるようにという注意喚起の言葉です。

メアリーとは何者なのでしょうか。

「それで、重要な話とはなんじゃ？」

「はい。お爺さんは、北東のお米を育てていた村の出身ですよね。実は、お爺さんにあるお願いがあります」

「ふむふむ。わしにできることで、無理のないものならな」

無理はあるかもしれないですね。

何せ、幻のお米の復活ですから。

「お米の栽培方法は、ご存じですか？」

「そりゃあ当然じゃな。わしは小さい頃から、親父の手伝いで田んぼの手入れもしていたからはっきりと覚えておるよ。じゃが、わしが余剰米を持ってサライに売りに来た時に、村が襲われたのじゃから……もう、種籾も何もかもなくて諦めておるよ」

それなら、大丈夫ですね。

【アイテムボックス】からお米の苗を一つ取り出して、お爺さんに見せます。

「これ、お爺さんならご存じですよね？」

「……馬鹿な!!　まだ残っておったのか!!　しかも、こんなに生き生きとした苗など、滅多に見ることができなかったぞ!!」

「はい。私は商人です。お爺さんがお米を復活してくれると言うのでしたら、私はこの苗をご用意できます。いかがですか？」

「……わしは貧乏で、こんな貴重なものを買い取るだけの財産もない……」

口惜しそうに呟くお爺さん。

ご安心ください、フェイール商店は、お爺さんの味方です。

「収穫期になったら、お米で納品してください。今年は無理でしょうから、もっと先で構いません。それまでは、私はのんびりと待っています。それに、万が一のことがあっても、このルーフェスさんが助力してくれますので」

「はい。長老から、クリスティナ様のお力になるようにと命じられています。私でよろしければ、色々とアドバイスができますので」

「そうか。ルーフェスさんとやら、わしは必ずお米を復活させてみせる。それまでは、よろしくお願いしますぞ」

「ええ。私たちエルフの里に保管されていた大切な苗です。しっかりと、育ててください」

握手しながら、そう告げるルーフェスさん。

その言葉の意味が、あの村出身のお爺さんにはわかったようです。

「そうか、この苗はエルフの里で保存されていたのか……」

「ええ。このことは秘密にしてください。これを求められてエルフの里が襲われては困りますからね」

「だから、この苗は私から購入したことにしてください。どうせ私は、明日にでも次の町に向かいますので」

「次の町か。わかった、それではわしの家まで来てくれるか？　そこで残りの苗をすべて買わせてもらおう」

話が早くて助かります。

そのまま町外れのお爺さんの家まで向かいましたけど、その裏手にはしっかりとした水田が作られていました。

いつか種籾を手に入れて、お米を復活させるためにお爺さんが整備していたそうです。

「では、これでよろしくお願いします」

――ドサドサドサッ！

すべての苗を【アイテムボックス】から取り出し、納屋に並べます。

それを一つ一つ吟味して、お爺さんは満足そうに頷きました。

「醤油を作るためには大豆が必要じゃが。それはまあ、まだ入手可能じゃからどうにかするとしよう。問題は、わしが発酵に必要な魔術を使えぬことじゃ」

それを聞いたルーフェスさんが胸に手を当ててました。

「ご安心を。私は発酵関係の魔術にも精通しています。私がいれば問題なく作れるでしょう」

「そうかそうか……」

涙ぐみつつ、お爺さんは私の手を握ります。

うん、うちの祖父も、こんな感じ……ではありませんでしたね。

継母と一緒に私と母をいじめていた、器の小さい方でしたから。

お祖母様は優しい方でしたのに。

「それじゃあ、私はこれで失礼しますね」

そう告げてから、玄関で私は頭を下げます。

「このたびは、当フェイール商店の商品を購入いただき、ありがとうございました。今後ともよい取引ができますよう、何卒よろしくお願いいたします」

もしも人が聞いていても、私は商人としてここに来た、それだけですから。

「さて。次はどの町に向かいますかねぇ……」

東に抜けて海岸沿いに旅をするのもいいかもしれませんし、西に抜けて隣国に入るのもいいですね。

北に戻ると王都が近くなりますし、しばらくは勇者関係で忙しそうですから、近寄らない方がいいでしょう。

――ヒョイ。

小さな枝を拾って、軽く前に放ります。

枝の先が向いた方向に、向かうとしましょう。

――ポトッ。

そして枝が向いたのは、西。

西には、あの自称悪役令嬢の国であるカマンベール王国があったはずですね。

それでは、そちらに向かって出発です！

◇　◇　◇

ハーバリオス王国王都の王城前広場には、いくつもの露店がところ狭しと並んでいる。

商業ギルドに登録し、申請さえすれば誰でも商売ができる。

それを聞いて、クレア・アイゼンボーグも露店を構えていた。

もっとも、いい場所はほとんど常連の人たちが長期契約しているため、ぽっと出の他国の商人が借りられるような場所は外れの方になってしまう。

よって、クレアの立っている場所は広場の中でも目立たない日陰であった。

「さぁ、この私、アイゼンボーグ商会の商品を見ていきなさい‼」

そう声高らかに呼びかけたところで、商品らしきものはそれほどない。

表に並べられているものは、港町やさらに向こうの国境沿いの町で購入したものばかり。

しかし、木札に書かれた文字。

『時を刻む魔導具、あります』

一緒に並べると盗まれる可能性があるため、時計については鞄の中に収めてある。

途中の交易都市メルカバリーでは二つも売れた。

だから王都なら、もっと売れるだろうと目算したのである。

「お嬢、俺たちが客引きをしましょうか？」

「おいそこの貴様!!　お嬢が露店を開いているんだ、見て行きやがれ！」

明らかにチンピラのような雰囲気で、手当たり次第に通りすがりの人に声をかける側近たち。

「……貴様って……まあ、別に構わないけどさ」

彼らが声をかけたのは、勇者として召喚された異世界人、緒方達也だった。

たまたま訓練が休みになったので、緒方は王城から出てきて露店を眺めていたところである。

そして目ぼしいものがなく、王城へと戻ろうとした時に、偶然クレアの側近たちに声をかけられたのだ。

「ふぅん。まあ、異国の衣服と……時を刻む魔導具？　時計か？」

「お客様、こちらの商品に興味がございますの？」

「まあね。俺がいた世界では、普通に時計はあったからさ。へぇ……見せてくれるか？」

「そ、そうですわね。これなんかどうかしら？」

銀色の懐中時計を取り出して、クレアは緒方に見せる。

すると緒方は時計を見て、笑みを浮かべた。

「あのブランドの記念限定モデルか……って、おいおい、なんだよ、こんなものがここに売っていていいのかよ」

思わず大声で叫ぶ緒方。

これには近くで買い物をしていた人たちや、周りの露店の店主も注目してしまう。

「あの、お客様。こちらの商品ですけれど、お詳しいのですか？」

「詳しいも何も、俺の世界の時計だよ。こっちの世界の魔導具じゃない、ええっと……そう、異世界の時計だよ」

「異世界の時計……って、異世界ですって？」

「ああ。そうか、アーレスト商会が話していた、異国の商品を取り扱っている商店ってのはあんたのことか‼　ちょっと来てくれるか！」

そのまま王城へ引きずり込まれそうになるクレア。

大慌てで荷物をまとめると、そのまま緒方に連れられて、哀れ王城へ。

「な、何がどうなっていますのよぉぉぉぉぉ〜」

王城正門の向こうで、クレアの叫びだけがこだましていた。


「その方、我が国の勇者緒方達也の話によると、異世界の時を刻む魔導具を販売していたそうだな？」

ハーバリオス王都王城の謁見の間に通されたクレア・アイゼンボーグは、目の前の玉座に座っている国王にそう問われ、ガクガクと震えながら頭を縦に振るしかなかった。

何故ここに連れてこられたのか、その理由などわからない。

ただ、王城前の広場で露店を出し、そこで異国の時を刻む魔導具を販売していただけ。

かつての勇者がこの世界にそれをもたらしたことは伝承などで知っているし、それを模した魔導具が作られた経緯も文献で見たことがある。

この前、フェイール商店から購入した商品も、そのような模造品だろうと、高《たか》を括《くく》っていた。

本来ならば金貨の桁があと二つも三つも違う魔導具をこちらの言い値で仕入れ、それを売り飛ばして稼ごうと考えていただけだったのにと、今にも泣きそうになっている。

「は、はい……ある商人から仕入れたのですが、まさか、このハーバリオス王国では時を刻む魔導具の販売が禁止されているとは思っていませんでした……どうか命だけは、お助けください」

殺される。

死を覚悟したクレアだが、国王も宰相も、今のクレアの言葉に頭を傾けてしまう。

「命を？　何故そう思う？」

「ご、ご禁制の魔導具を販売したこと。それも、後年作られたものではなく、勇者様曰く異世界のものであると……」

「うむ。まず、時を刻む魔導具を販売することは禁じられてはいない。つまり罪を犯したわけではないぞ。だが、商品が異世界のものかについては確認しなければならない。没収することはないと約束しよう、だから持っている異国の商品をすべて出してもらえるか？」

少し穏やかな声でクレアに話しかける国王。

するとクレアは急いでバッグから商品を取り出し、目の前に並べていく。

クリスティナから購入したものは時を刻む魔導具だけであったのだが、王都までの旅の途中に他の商人から異国の衣服を数着、仕入れていた。

それも並べると、宰相が傍に控えている執務官に目配せをする。

そして謁見の間に、緒方ら四名の勇者たちが通されたのである。

「紀伊國屋殿。こちらが異国の商品を取り扱っていた商人です。この魔導具や衣服は、紀伊國屋殿の世界のもので間違いはないですか？」

辛相の問いかけに、紀伊國屋が緒方を見る。

「さっきの話にあった時計とは、これのことですか？」

「ああ。俺の知っている記念限定モデルだった。後で購入したいから、勇者予算から出してもらえるか？」

「それは本物かどうか確認できてからですね、それと値段についても考える必要がありますけど」

そんなふうに緒方と紀伊國屋が話をしていると、柚月ルカがクレアの前に駆けていく。

「あ〜。本当に時計だね。手に取っても構わない？」

「は、はい、どうぞ‼」

もう、針の筵《むしろ》状態で震えるクレア。

どうにか柚月の問いかけに頷くので精一杯である。

「ふぅん……これ、結構高いやつだよね。きのっち、これ、いくらくらいすると思う？　あーしも一個欲しくなってきた」

「はぁ……あなたは目上の者に対しての礼儀も学んだ方が」

「早く早く、これを見てほしいし」

話をするのも面倒くさいと思い、紀伊國屋もクレアの前に向かう。

なお、武田は壁にもたれかかったまま静かにしている。

まるで、ここでの会話などコーラがないから興味がないとでも言うように。

そんな武田のことなど見向きもせず、紀伊國屋が時計を確認する。

どれも電池を使用しない、手巻き式のものばかり。

アンティークに見えなくもないが、実際はアンティーク調に見えるような装飾が施されたものばかりで、すべて紀伊國屋たちのいた世界の国産メーカー製の時計で間違いがないと確信した。

「緒方さんの話したとおり、記念限定品がありますね。刻印も本物、私たちがいた時代のものです」

「おお、それでは、アイゼンボーグが出会った商人こそが、異世界の商品を取り扱っている異国の者で間違いがないか」

異世界の商品を扱う者については、すでにアーレスト侯爵が調査に動いている。

だが、彼の報告よりも早く、この件について進展があるとは国王も予想していなかった。

「あ、あの、おそれながら。私がこの商品を仕入れたフェイール商店も、別の異国の商人からこれらを仕入れておりました。私は馬車に乗ってやってきた商人を間近で見ていましたので、間違いはありません」

クレアの言葉に、宰相と国王の眉根がピクリと動く。

「また、フェイール商店か。やはり彼女が異国の商人と連絡を取っているのは間違いないようだな」

国王がそう告げると、紀伊國屋が小さく手を挙げる。

「失礼ながら。そのフェイール商店の店長というのが、アーレスト商会に納品された私たちの商品を盗み出した人物なのですか？」

「……紀伊國屋殿。その話は、誰から聞いた？」

「先日ですが。納品遅れが続いておりましたので、私と柚月が先日状況を確認しようとアーレスト商会に伺った時に、担当のオストールという方から教えてもらいましたが」

——まったく、あの男は何を企んでいるのか。アーレストの命令すら守らず、でたらめばかり言ってさらに混乱を広めようとしているとしか考えられない。

さすがの国王でさえ、そう考えて直接の処分を言い渡したくなってくる。

「いや。それは大きな誤解だな。確かにフェイール商店は貴殿らの世界の商品を別の商会から仕入れているようだが、その店長がアーレスト商会から商品を盗み出したというのは嘘だ」

「うはぁ……あーし、もう甘いものがないと限界だし」

「甘いもの……甘味……ひょっとして、アイスクリーム？」

その柚月の言葉に、クレアが反応する。

メルカバリーの宿で聞いた、異国の甘い氷菓子。

子どもたちがそれを食べたいよね～と話していたのを、クレアも聞いていたのである。

そして柚月は、クレアの口から出たアイスクリームという言葉に反応した。

「ね、ね、ね、アイスクリームを持っているの？」

「いえ、そのフェイール商店がアイスクリームを販売していたと聞きまして」

「そのフェイール商店の人ってどこにいるの？」

「わ、私は港町サライで会いました。ここからなら、乗り合い馬車で二週間ほどの距離ですけれど」

「に、二週間？」

呆然とする柚月。

アイスクリームという言葉を聞き、ようやく希望が見えた矢先に現実を突きつけられたのである。

「まあ、フェイール商店についてはすでにアーレストが動いている。おそらくは今頃、サライに着いているであろう。だから、次の報告を待つがよい」

「はぁ……車ならどれぐらいだろう……」

ブツブツと呟きつつ、柚月がクレアから離れる。

そして国王はゴホンと咳払いをすると、クレアに一言。

「貴重な情報を提供してもらい感謝する。褒美を取らせたいところだが、何か欲しいものはあるか？」

「え、ええ？　褒美？」

いきなりのことでクレアも頭の中がこんがらがってしまう。

そして、賠償金をすべて支払えるだけの金額をもらえばよいものを、慌てすぎてこう答えた。

「こ、この異国の商品をお買い上げいただきたいのです。いかがでしょうか？」

「よかろう。宰相、彼女の商品をすべて買い取れ。それでは褒美とならないから、多少は高めに買ってやるといい」

「かしこまりました。では、別室で話をすることにしましょうか」

クレアは宰相と共に謁見の間から出ていく。

そして国王の用事も終わったということで、紀伊國屋たちも勇者の塔へと戻っていった。

第三章　温泉都市でも型録通販

——ガラガラガラガラ。

長閑な旅。

港町サライを出発した乗合馬車は、宿場町カタラを経由して、いよいよハーバリオス国境の城塞都市ラボリュートに到着します。

ここから国境警備隊の監視している城塞を越えて、いよいよカマンベール王国に入国となります。

まあ、その前に旅で疲れた身体を癒《い》やしたいので、このラボリュートに数日滞在する予定ですけれど。

「うわぁ……この匂いはなんでしょうか」

街の中に入ってまず気になったのは、この香り。

なんと言いますか、ほんのわずかに香る、不思議な匂い。

そう、ワインビネガーを薄くしたような、そんな感じです。

時刻は昼過ぎ、明日の朝には型録通販のシャーリィからペルソナさんが商品を届けてくれるはずです。

ですので、まずは宿を確保しなくては。

「はいはーい。赤煉瓦亭《あかれんがてい》はこちらですよ～」

「ラボリュートの老舗《しにせ》、月《つき》の兎《うさぎ》亭はこちらでございます」

「温泉宿グラン・ナニワはこちらでやんすよ～」

あちこちの宿で客引き合戦が起きています。

私と同じように乗合馬車でやってきたお客さんたちが、あちこちの宿に引っ張られていきました。

そう、この城塞都市ラボリュートは温泉宿が豊富にあるのですよ。

「勇者様御用達の宿、グランドソードです!!　五百年の歴史を誇るグランドソードへどうぞ！」

「こちらこそ元祖勇者御用達の宿!!　エルドラです。旅の疲れもぽん、と取れますよ」

温泉にはさまざまな効能があるって、勇者語録にもありました。

そして何よりもですね、私の持っているシャーリィの魔導書には、温泉の素なる商品が載っていました。

そこの説明には、泡がブクブクと湧き出している温泉の効果がどうとか、白く濁《にご》った温泉がどのような効果であるとか、事細かに書いてあるのですよ。

それでは、私は旅の疲れを癒やす温泉に向かうとしましょう。

「そこの商人さん。宿はお決まりですか？」

「いえ、まだなのですよ。長旅で疲れてしまいまして、身体の芯から疲れが取れそうな温泉のある宿を探しているのですけど」

そう説明すると、私に声をかけてくれた女性が考え始めます。

「旅の疲れを癒やすのが目的ねぇ。そうなると、うちじゃないんだよなぁ」

「あ、そうなのですか？」

「ええ。私のところは美肌の湯で、疲れを取るというよりも女性の美を追求するための」

「はい、そこでお願いします、まだ部屋は空いていますか？　一泊おいくらですか？」

疲れを癒やす温泉？　さて、なんのことですか？

やはり女性は美肌を求めるべきですよね？

「あ、あれ？　今疲れが取れる温泉を探しているって言いましたよね？」

「おいしいものと睡眠、そして温泉があれば疲れは取れます。それではご案内、よろしくお願いします」

「はぁ、それではこちらへどうぞ!!」

ということで、温泉宿に向かいます。

数日間の連泊をお願いし、朝と晩の食事代込みの料金を先払いします。

その後はいつものように、商業ギルドで露店の営業許可申請を行いました。

「……うん。さすがは国境沿いの都市だけのことはありますね」

隣国へ続く大街道を挟んで、北側には私たちの国の商人が、南側にはカマンベール王国から来た商人が露店を開いています。

二つの国のさまざまな商品が並んでいる風景は、交易都市メルカバリーに似ています。

「さて、それじゃあ露店を開くことにしますか！」

今回の商品は、サライで大量に仕入れてきた乾物《かんぶつ》と海産物。

海の幸に乏しいカマンベール王国にとっては、サライの海産物は高級品でもあります。

しかし、【アイテムボックス】に氷と一緒に収納するか、もしくは空間魔術で内部を拡張した鞄に冷気の魔術を封じ込めなくては、サライの海産物を運んでくることはできません。

でも、私の場合は違います。

私の【アイテムボックス】は収納したものの時間を止めることができますので、仕入れた鮮度そのままに、海産物を販売することができます。

まずは、これをすべて売ってしまいましょう！


はい、夕方には海産品はすべて売り尽くしました。

やはり新鮮な海鮮はどなたも欲しかったようです。

その後は宿に戻り型録を隅から隅まで確認、そしてついに見つけてしまいましたよ。

この町で一番売れそうな商品を。

これを仕入れなくて、何を仕入れるというのですか？

「このコーナーは、健康グッズというのですか。ふむふむ……これは、私には知らない世界です」

健康グッズコーナーというページがありまして。

そこの見出しに書いてあった【ツボマッサージ】なるものの説明。

人体にはツボというものが存在するそうで、そこを刺激することによりさまざまな現象が起きるそうです。

そんなツボの専門書の、試し読みと書いてあるページには、簡単な肩こりをほぐすツボが書いてありまして。

「この指の付け根を押すと……みぎゃぁぁ！」

痛い、これは痛いです!!

でも、力を抜いて手を離すと、不思議と肩が楽になったような気がします。

「これは、【神聖魔術】のような効果があるようですが、魔力を一切使わないのですか!! まさか怪我なども治るとか？」

詳しく読みたいです。

でも、試し読みページにはそれより詳しいことは書いてありません。

つまり、もっと知りたければ買えというのですね。

「この、健康グッズのページを中心に、追加発注をまとめましょう」

青竹？ 足裏マッサージ用の板？

バランスボールというのもあります。

あとは先ほどのような専門書もありましたが、ＤＶＤ付録というのがよくわかりません。実物がなければ私の万能鑑定でもわからないことがあるのです。

まあ、少し多めに購入して……駄目ですね、本は勇者言語で書いてあるので私にしか読めませんか。

書籍は私個人用に一冊ずつの購入にして、あとは一通りの商品を複数購入します。

そうですね。

この『風呂上がりの一杯』というコーナーのものも、買ってみましょう。

「……また、やらかしたかもしれません」

発注書がなくなるぐらい、書き込んでしまいました。

あとは型録通販のページの発注というボタンに触れるだけ。

――スッ。

発注書が消えました。これで明日には、商品が届きます。

「それでは、お風呂に……お風呂？」

そうです!!

以前購入したシャンプーとコンディショナーとかいう、髪を洗う薬。

あとボディソープという、身体を洗うための液体石鹸も試すことにします。

しかも、ここの泉質は美肌!!　どれほどの効果があるか、確かめてやろうじゃありませんか。


お風呂での攻防。

私は異世界のボディソープやシャンプーに完敗しました。

肌が見違えるようにスベスベになり、髪もほらご覧の通り。

指ですいても、からまったりベタついたりしません。

サラァァッとした、最高の手触りの髪になりました。

この私の姿を見て、居合わせた貴族の奥方やお子様たちも、シャンプーやボディソープに興味津々のようです。

案の定、お風呂から出た瞬間に声をかけられました。

「ねぇ、あなたは昼間、露店を開いていた商人さんですよね？　さっき使っていた薬は何かしら？」

「もしも在庫があるのでしたら、少し融通《ゆうずう》していただきたいわ」

「は、はい、少々お待ちください」

急いで【アイテムボックス】を開きます。

そして『化粧品』と書き記されてある【パーティション】を選択、そこに保管されているシャンプーの容器を掴んで取り出……さずに、道具と書かれている【パーティション】にある小瓶に中身を流し入れます。

あとは詰め替えた小瓶を取り出して、テーブルの上に並べます。

「こちらがシャンプー、これはコンディショナー。こちらはボディソープです。どれも希少品ですので、お一人様につき五品とさせていただきます」

「五品!!　ちょっと待ってね」

奥方様たちは、色々と計算しているようです。

どうやら一種につき二本ずつ、計六本を購入したいそうですが。

ここは譲れません。

「では、私はシャンプーとボディソープを二つずつ、コンディショナーを一つ、いただけるかしら？」

「私はシャンプー三つにボディソープを二つで」

「すべてボディソープでお願い!!」

「はい、ただいまご用意しますのでお待ちください」

次々と【アイテムボックス】から取り出しては販売します。

途中で詰め替え作業が間に合わなくなったのですが、頭の中で詰め替えるイメージをして手を入れたら、しっかりと詰め替えられていました!!

半信半疑で試したのに、できてしまったのは驚きでした。

でも、詰め替えしておかなくては、後で何が起こるかわかりません。

このプラスチックなる不可思議な容器は表にあまり出してはいけない、そんな気がするのです。

安全第一、それがお約束ですよね。

「……はい！　これで在庫はすべて完売しました。次の仕入れをお待ちください」

「あら～。それは残念ですわね」

「次はいつ仕入れるの？　それまでここにいるのかしら？」

「あ～、ちょっと商人さんが届けに来てくれるまでは、詳しいことはわかりませんので」

どうにか説明して納得してもらい、追加注文をしなくては……はい、発注書がありません。

これは、どうしようもありませんよね。

早く、明日になってくれませんか。


朝。

すっきりとした気分で目を覚まします。

ここの宿の温泉は、本当に最高です。

身体の疲れが癒やされるといいますか、芯から和《やわ》らいだといいますか。

朝食も最高でした。その後、のんびりと露店の場所に向かいますと。

「ん？　あそこは私の場所のはずですが。どうしてこんなに大勢の人が？」

すでに、フェイール商店の場所には人だかりが。

誰か他の商人さんが、場所を間違えたのでしょうか？

そう考えながら進んでいると、前方左右の三方向を囲むように集まっているお客さんや同業者の視線が、私に集中しました。

え？

私、何かやらかしましたか？

「あそこの宿の客から聞いたんだが。異国の薬を売っているんだってな？」

「髪がツヤツヤしたり、肌がすべすべするっていうやつだよ。まだあるのなら売ってほしい」

「うちもだ。いきなり朝一番で店にやってきて、その薬がないかって問い合わせがあったんだよ」

あ～やらかしましたか。

今度からは、人気のない時に使わないと危険ですね。

「誠に申し訳ありません。在庫切れで、次回の入荷時期も未定です」

「それじゃあ、どこの錬金術ギルドで手に入れたか教えてくれるか？」

「もしくはお抱えの魔導師がいるのか？　あれは魔術で作るやつだろう？　うちの鑑定士も鑑定不可能って肩を落としていたんだからな」

確かに、石鹸は錬金術ギルドで生産されていますし、フリーの錬金術師がハーブを練り込んだものなどを作って財を成したことも知っています。

私がまだアーレスト家にいた時も、我が家に出入りしていた御用錬金術師はいらっしゃいました。

でも、貴族が使うような石鹸は大変高価でして、普通は安価な【洗濯石《せんたくせき》】を使うのです。

湖の湖畔で掘り出される白い石で、少し力を加えるとボロボロと崩れるんです。

それを水で溶いたものが大変汚れをとってくれるので、重宝するのですよ。

「ま、誠に申し訳ありません。商人としては、商品の仕入先については秘匿とさせてもらっています。このあたりのルールは、商業ギルドに登録されているみなさんならご存じですよね？」

「「「あ!!」」」

皆さん、そのルールをお忘れになるほど興奮していましたか。

「そういうことですので、入手方法その他はすべて秘匿とします。よろしいですね？」

「ま、まあ、そうか」

「そりゃあ、それを出されたら何も言えないよなぁ……」

「わ、悪かった。それで、今日は何を売るんだ？」

ようやく引いてくれましたので、これで一安心。

さて、今日は異国の衣服と装飾品の販売をしましょう。

前回の仕入れで少し在庫が増えたので、売って売って売りまくれますよ！

◇　◇　◇

――港町サライ。

アーレスト侯爵ブルーザは、クリスティナに関する情報を集めるために、部下に命ずるのではなく自らの足で、彼女の足取りを追っていた。

交易都市メルカバリーを出てからここに至るまでの街や村、すべてを回りながらクリスティナの情報を集めているのだが、有益な情報は少ない。

道中では新しい仕入れは一度だけだったらしく、その時に馬車で納品に来た商人の姿を見たと言う人物はいる。

「クリスティナが異国の商人と手を組んでいるのは、ほぼ確定か。それで、この町でも仕入れをしていたと言う話もあったたな」

宿に向かう途中で、あちこちの露店で聞き込みをしたブルーザ。

幸いなことに、クリスティナがこの町でも商人として仕事をしていたこと、異国の馬車から仕入れていたことがわかったのだが。

問題は、その後の情報。

「失われた米を、クリスティナがこの宿に提供した……勇者丼が復活したと言うが」

そこはクリスティナが泊まっていた宿である。

復活した勇者丼を求めて、毎日大勢の人が押し寄せている。

ただ、在庫にも限りがあるため、一度食べた人は一週間待たなくてはならない。

そんな宿の食堂に貴族のブルーザが入っていったものだから、店内は一気に緊張した空気に包まれた。

「貴族様。本日はどのようなご用件でしょうか？」

豪快な女将でさえ、貴族が相手となるとさすがに言葉遣いや身振りにも細心の注意を払う。

貴族の機嫌を損ねた結果、不敬罪で囚《とら》われて犯罪奴隷に落とされたという古い話が、今でも伝わっているから。

「勇者丼を一つ、お願いしたい。まだ在庫はあるか？」

軽く笑みを浮かべて問いかけるブルーザ。

その柔らかい雰囲気に、女将は少しホッとした。

「少々、お時間をいただきますが、よろしいですか？」

「構わない」

それではということで、さっそく、勇者丼が作られる。

やがて目の前に現れた勇者丼を見て、アーレストはうんうんと満足そうに頷いた。

「数年前に食べたものと同じ……いや、違うな？」

まずは醤油をひと垂らし、そして新鮮な刺身を食べる。

次に酢飯を一口。

「……酢が柔らかいな。これは、米を優しく包んでいる。刺身の癖を殺しすぎず、それでいて醤油とも相性がいい。以前、この街で食べたものよりも、格段にうまく仕上がっている」

気がつくと、ブルーザの手の中の丼は空っぽになっていた。

「女将。この米を分けてくれないか？　酢と醤油もできれば欲しいところなのだが」

「ま、誠に申し訳ありません。当店も在庫がわずかでして、貴族様にお売りしますと、もうこの店で振る舞う分がなくなってしまいます」

処罰されるのを覚悟で、女将が告げる。

すると、ブルーザは顎に手を当てて少しだけ考えて。

「では、持ち帰り用に海鮮丼を四つ、作ってもらえるか？　私のマジックバッグは勇者仕様だから、時間を止めて持ち帰ることができる」

ブルーザのマジックバッグは、内部拡張と時間停止の魔術効果が付与されている。

ただし、時間停止は高難度魔術であるため、あまり大きな空間にはかけられず、結果的に内部空間の大きさは一立方メートルの木箱一つぐらいになっている。

ブルーザの提案についても女将は断りたかったのだが、貴族相手となると不満を唱えることはできない。

ブルーザも無理を言っていると理解しているのだが、ここで手ぶらで帰っては勇者たちの期待をも裏切ってしまうことになる。

それは得策ではないと判断し、やむなく無茶な注文をしたのだ。

「まあ、無茶なことを要求しているのはわかる。その代わり、私がフェイール商店の責任者と会った時には、ここに米と調味料を届けさせるように伝えておこう。それではどうかな？」

まだ米が入手できる。

今の在庫が切れると、もう入手はできないと諦めていたのに。

その一縷《いちる》の望みがもし叶うのならばと、女将はこれを了承した。

「……アーレスト商会の旦那様が、そう仰るのなら。少しお時間をくださいませ」

「すまないな。我が商会の名に誓って、必ず届けるように伝えておこう」

こうしてブルーザは無事に、海鮮丼を四人分手に入れることができた。

それを早馬で王城の勇者たちの元に届けるように告げると、アーレストはその足で冒険者ギルドへと向かっていった。

「これはアーレスト侯爵。本日はどのようなご用件でしょうか？」

サライ冒険者ギルドのギルドマスターは、突然のブルーザの来訪に驚いている。

アーレスト侯爵家は商人の家系、商業ギルドに赴くことはあっても、冒険者ギルドにやってくることはそうそうない。

来たとしても珍しい素材が入荷したかどうかの確認程度であるが、王都の商会がこんな港町へ、しかも当主自らがやってくることはありえなかった。

「ここにも、通信用魔導具があるはずだな？」

「はい。魔晶石《ましょうせき》が非常に高価でして、あまり使うことはありませんが」

「ふむ、では、ここから西方、国境沿いのラボリュート辺境伯領まで連絡は届くか？」

「はい。距離的にはぎりぎりですが、定時連絡は行っています」

冒険者ギルド同士、商業ギルド同士はお互いを通信用魔導具で繋ぐことで、連絡が取れるようにしている。

だが、距離的に無限ではなく、王都や交易都市メルカバリーからは、国境警備の要であるラボリュート領までは直接は届かない。

途中の街を伝言ゲームのようにいくつか経由しなくてはならず、そのためには貴重な魔晶石をいくつも消費する必要があった。

――コトッ、コトッ。

その貴重な魔晶石を二つ、ブルーザはテーブルの上に置いた。

「至急、ラボリュートの街まで通信をお願いしたい。用件は、フェイール商店の店主であるクリスティナ・フェイールが国境を越えないようにしてほしいこと。そのための申請があっても許可を出さないこと。そして私が到着するまで、ラボリュートに留まるように伝えること」

「……かしこまりました。ですが、その内容ですと、魔晶石は一つで間に合いますが」

「もう一つは貴重な魔導具の使用料だ、サライの冒険者ギルドが好きに使っていい。無茶をお願いするのだからな」

この話の後、サライの冒険者ギルドからラボリュートの冒険者ギルドに魔導通信が入れられた。

当のクリスティナはそんなことを知る由もなく、ラボリュートの露店で異国のドレスを販売している最中であった。

◇　◇　◇

午前中の露店販売を終えて。

午後一番で、型録通販のシャーリィの配達用馬車がやってきました。

宿でお昼を食べ、さて露店へ向かいましょうかというタイミングでしたので、ちょうどよかったです。

露店の近くの街道がいつもよりも狭いので、配達馬車が通れるだけの幅がなかったのですよ。

「お待たせしました。本日は納品が遅れてしまい申し訳ありません」

「いえ、問題ありませんよ。今朝は何かあったのですか？」

「今日はいつもより注文が多く、すべてお届けするのに時間がかかっておりまして……お荷物はここで下ろしても大丈夫ですか？」

「はい。すぐに【アイテムボックス】に移しますので大丈夫です」

「それはよかった。では、降ろしますので検品をお願いします」

仮面のせいで表情がわからないペルソナさん。

でも、声はいつものように穏やかでしたし、荷物降ろしの作業もすごく丁寧です。

そして相変わらず、私たちを遠巻きにして見ている商人やお客さんも大勢います。

でも注目されている割に、納品の時、不思議と声をかけられたことが一度もないんですよね……

「ペルソナさん？　納品の時に周りの人たちが話しかけてこないのは何故でしょう？　普通、こんな商品を仕入れられる人とはお近づきになりたいじゃないですか……いえ、前にペルソナさんたちとはこの魔導書の契約者しか取引できないって仰っていたのは覚えているんですが、どうしても気になってしまうんです。ペルソナさんが私以外と話しているところすら見たことがないもので」

しつこいかな、と思いつつ好奇心に駆られてペルソナさんに尋ねてみます。

「私どもの取引は【精霊魔術】により守られています。私が商品を納品し馬車で帰るまでの間は、誰も私たちに接触できません。【認識阻害《にんしきそがい》】という他人の意識に働きかける魔術の一種で、私たちに対して話しかけたり、取引を持ちかけたりしてはいけないと思い込んでしまう効果があるのです」

説明しながら、ペルソナさんは人差し指を口の前に立てました。

「もちろん、私が話そうと思えば話せるのですが。知っての通り、型録通販のシャーリィは魔導書の契約者としか取引をせず、魔導書は他人に譲渡できません。つまり、フェイール様以外と話す必要性がないということですね」

そんな感じで、私たちの取引には何人たりとも口出ししたり邪魔をしたりすることができないそうです。

でも、馬車が消えてしまったらその効果はなくなってしまうので、受け取った荷物をそれまでに【アイテムボックス】に収納しないと、盗まれてしまう可能性もあるとか。

逆に、馬車が止まっている限りは誰も手出し無用ということだそうです。

「なるほど。不思議なのですけれど、【精霊魔術】ということでしたら、納得がいきます」

「はい。すごく便利ですよね。では、支払いをお願いします」

いつものように魔導書を提示し、あらかじめチャージしてあった分から支払いを終えます。

すると、魔導書の表紙が淡く輝きました。

「え、ええ？」

「おや、今回の分で型録通販会員レベルが3になりましたか。おめでとうございます」

「は、早すぎませんか？」

「いいえ、一定額の取引があれば、レベルはどんどん上がりますから。皆さん、早くレベル10になりたいそうで頑張っているようですよ」

レベル10ですか。

それは、かなり遠い世界に感じます。

「はい、こちらが追加の発注書ですね。まだ追加の型録はございませんが、今日から一週間は、過去に取り扱いのあった商品の再注文が可能になります」

「ありがとうございます。あの、レベル３って、確か配達先指定コマンドというのが増えると聞きましたけど、それはなんなのですか？」

ここ、大切です。

レベル２の即日発送コマンドは確かに助かっています。

さらに上のレベルである配達先指定コマンドとは、なんなのでしょうか。

以前、即日発送担当の方からは、指定された場所にお届けしますと言われましたけれど。

「はい。新しい発注書には、届け先が指定できるように書き込む欄が増えています。ここに、配達先の場所と名前を書いていただけると、そちらに配達員が荷物を届けるような仕組みになっています。また、シャーリィの魔導書の最後の方にも届け先一覧という欄が追加されていますので、そちらにあらかじめ届け先を書いておくことも可能です」

「……たとえば、今、ここで王都のお父様宛に配達先指定をしますと、邸に荷物が届くということですか？」

「ええ。その住所にお届けします。受取人指定がお父様でしたら、お父様しか受け取ることができません。留守の際は、また後日、改めてお届けします」

なるほど、これは便利です。

そんな感じで説明を聞いていますと、周りの商人さんたちがソワソワしているのに気がつきました。

なるほど、話しかけたくてもシャーリィの馬車があるので話しかけられないのですね。

「ありがとうございました。では、有効に使わせてもらいます」

「はい。早くレベル4になれるよう、お祈り申し上げます。それでは失礼します」

馬車が街道を進み、そしてスーッと消えます。

でも、それを誰も不思議に思わないようですね。

まだまだ、型録通販のシャーリィには秘密がいっぱいのようですね。

そして魔術の効果が消失したのか、周りのお客さんや商人さんが殺到してきましたよ。

「フェイールさん、例のシャンプーとやらは入荷したのか？」

「いえ、今回の荷物には入っていませんでした。まだ納品チェックや台帳をつけていませんので、本日入荷した商品は、明日以降の販売となります」

「そりゃあ、まあ……仕方ないよなぁ」

「それじゃあ、明日にでも露店に寄らせてもらうわ」

周りに集まっていた商人さんたちも帰っていきましたし。

一旦、宿に戻って納品された商品の仕分けをしましょう。

「はぁ……結局、午後は露店に行けませんでした」

荷物の仕分け、新商品の確認などに時間がかかってしまい、今日の午後の露店はお休みとなりました。

そんなこんなで、目が疲れて肩も痛いです。
そんな時は温泉です!!
身体をゆっくりと休めるのです。
そして温泉から上がった後は、本日仕入れたこの一本!!
期間限定復刻版とかいう商品だそうで、名前はフルーツ牛乳。
フルーツは果物を意味するそうです。
そして牛乳!
王都育ちの人間は牛乳を飲む機会なんてありません。
いったいどんな味なのか……でも、シャーリィの商品でしたら安全なのでしょう。
温泉で熱《ほて》った体を休めるために、ここは覚悟を決めて!!
——グビグビッ!!
ん?
んんん?
なんですか、この味わいは。
すっきりしていて、それでいて飲みやすい。
生の牛乳って、こんなにおいしかったのですね。
普段は商品として並ぶことがない、生の牛乳ですよ。
朝搾《しぼ》ったら、その日の涼しい時間帯に売り切らないと飲めなくなるやつですよ。

だから王都では飲むことができなかったのですよ。

「ングッングッ……ぷは～」

「ねえ、フェイールさん。その飲み物も商品なのかしら？　それも売ってほしいわ」

「昨日、シャンプーを売っていた方ですよね？　それも売ってほしいわ」

あ、またしても失敗です。

でも、フルーツ牛乳は、風呂上がりにすぐ飲んだ方がいいって書いてありましたし、キンキンに冷えて納品されたのですよ？　着替えてすぐに飲みたくなるじゃないですか。

「は、はい。本数限定なのですけれど、本日のみ、特別にお譲りしますよ」

「そうなの。じゃあ、一瓶お願いしようかしら？」

「私も！」

次々とフルーツ牛乳が売れていきます。

そして、それを飲んだ方の表情が変わっていきます。

「すごくおいしいわ。これ、お土産に買っていきたいのですけど」

「時間停止の魔術がかけられた鞄をお待ちですか？　これは日持ちしませんのでそれがないとお売りすることはできませんよ？」

「あらぁ～。それは残念ね」

「うう、これはお持ち帰りしたい……けど……ない」

皆さん諦めてくれました。

でも、このフルーツ牛乳が入っている透明な瓶だけでも、十分にお土産になるようです。

なんでしょうね、この透き通った瓶は。

まさかガラスではないですよね？

――キーン。

軽く指で弾くと、綺麗な音が響きます。

けど、ここまで透明なガラス瓶は王都でもなかなか見かけません。

透明な板ガラスなんて、貴族の邸宅か王城でしか見ませんよ。

一般的なガラスはもっと曇って白い色か、もしくは教会のステンドグラスのように色がついているのが当たり前なのですよ？

そういえば、私には【万能鑑定眼】があるのでした。

気になるのでさっそく調べてみますと。

「これ、ガラスだ……凄い」

思わず呟いてから、口を閉じて周りを見渡します。

うん、今の言葉は誰にも聞こえていません。

これ以上、ここにいては危険なので早々に部屋に戻りましょう、そうしましょう。

「次は、これですね」

部屋に戻り【アイテムボックス】から取り出したのは、青竹踏みという商品。

見たことのない素材で作られた、凸凹《でこぼこ》した起伏のある筒を二つに割ったものらしく、この取り扱い説明書というものによりますと、ただひたすら踏むそうです。

足ツボとかいうものが刺激されて、血行が……んっ、結構、痛いかも……でも、この痛さが癖になりそうで……んんっ、これは効きます!!

「う、うわぁぁぁ、汗が吹き出しました。これは凄いです」

青竹踏みでこの効果でしたら、この『足ツボマッサージボード』と書かれている、さまざまな凹《おう》凸《とつ》のある板はさらに凄いのでしょう。


「す、凄い……これ、しゅごい……」

足ツボマッサージボードの効果は、まさに絶大。

これは、青竹踏みよりも効果があると言っても過言ではありません。

でも、これを効率よく売るためには、どうしたらいいでしょうか。

「使ってみないとわかりませんし……でも、使って……ん？」

そうです。

お菓子の時は試食品を使ってお客さんを呼び込みました。

では、これはお試し商品として、ここの温泉で試してもらえばいいのです!!

「それでは、善は急げということで、さっそく、お願いに行きましょう!!」

さっそく、この温泉宿の支配人さんに話を持ち込んでみることにします。

さぁ、フェイール商店の実力を見てください‼

◇　◇　◇

城塞都市ラボリュート。

グレイス・ラボリュート女辺境伯が統治する、隣国との国境沿いにある都市。

豊富な源泉に恵まれた土地であり、都市のあちこちに温泉が湧《わ》いている。

そしてここから西に抜けると、隣国であるカマンベール王国との国境がある。

隣国へと続く整備された交易街道からは、隣国よりラボリュートに大量の荷物を運んでくる商人の姿も見える。

国境を越えるほどの長旅で疲れた身体を癒やすのには、このラボリュートの温泉はうってつけだ。

そのため、商人だけではなく旅人や、疲れを取り古傷を癒やすために訪れる冒険者もいる。

老舗《しにせ》の集まる温泉街ではあちこちで呼び込みが出ているのだが、この日、とある温泉宿に客が押し寄せていた。

先日から温泉の脱衣所に置かれた足ツボマッサージボードと青竹踏み、そして湯上がりのフルーツ牛乳。

この摩訶不思議《まかふしぎ》なものを体験しようと訪れる者が殺到。

現在、新しい宿泊客は予約を取ることができず、温泉のみを楽しむ日帰り入浴が人気を集めていた。

◇　◇　◇

——その温泉宿の一室では。

もう無理です、勇者語録の『ギブ!!』です。

今日も温泉の女将さんに、足ツボマッサージボードと青竹踏み、あとフルーツ牛乳を二箱ほど納品しました。

いや、一人五品までなのですけど、フルーツ牛乳は業務用納品だから、五箱にしてほしいとか無茶すぎます。

まあ、販売業務提携ということで、売上の七割は私がもらうことで在庫の一部を納品しました。はぁ。

どうも押しが強い方には負けてしまいます。

おかげで疲れ切って、今は部屋で一休み中です。

「健康グッズはまだ在庫がありますから、他の温泉宿にも提供するとして……フルーツ牛乳は、あとは自分用にストックしましょう……さて、当初の予定より長居してしまいましたし、そろそろ国境を越えたいですけど、向こうの国では何を売りましょうか」

カマンベール王国は話に聞いたことがある程度で、実際に行ったことはないのですよ。

確か、自然豊かな国で、さまざまな花が街を彩《いろど》っていると聞きました。

そして、国の人口の半分以上はエルフなのですよ。

確か実家の書庫で見た本によりますと、エルフの女王が建国したそうで、今でも街の中には精霊の機嫌を取るために、草木や小さな湖が残っているそうです。

自然と調和した、緑豊かな国。

そして精霊に守られた国。

また、すべての人に分け隔てなく知識を学ぶ機会を与えている【チェダー魔術学院《まじゅつがくいん》】という場所があるそうです。

ハーバリオス王国では、貴族たちの学び舎は主に自宅であり、教師を雇《やと》って学業を学ぶのが普通です。

私も二人の兄たちと共に、国の歴史をはじめ、基本的な読み書き計算、礼儀作法などを学んでいました。ですが、魔術については学ぶ機会がなく、【精霊魔術】の祝福《ギフト》はあってもそれを使うことができなかったのです。

「でも。もしも私が魔術を学び別の魔導書と契約していたら、このシャーリィの魔導書の恩恵を得ることはできませんでしたよね……」

そこだけは、感謝です。

おかげで私は、実家を放逐されても商人としてののんびりとした旅を続けられるのですから。

――コンコン。

はて？

こんな時間にお客ですか？

「はい、どうぞ」

少し警戒して声をかけます。

すると扉が開き、宿の従業員の方がいらっしゃいました。

「失礼します。当宿の女将が、お話があるということなのですが、お時間よろしいでしょうか？」

「お話……ですか？」

「はい。大変恐縮なのですが、困ったことになりまして……」

「わかりました。それでは案内してください」

さて、何が起こったのか考えてみます。

一番先に思いつくのは、フルーツ牛乳の品切れでしょう。

けど、すでに午後です、即日発送もお願いできませんし、これ以上は仕入れる予定もありません。

それとも、健康用品の買い占めでしょうか？

少しドキドキしつつ、女将の待つ部屋へと向かいますと。

「失礼します。フェイール様をお連れしました」

「ありがとう……下がっていいわよ」

女将の言葉で従業員の方が下がります。

室内には十人近い人々が集まって、各々《おのおの》が適当な場所に座っていました。

はてさて、いったいなんでしょうか？

「フェイールさん。実は、お願いがあったのですよ」

「ここの宿に卸している、あの不可思議な健康器具とかいうやつ、あれを俺たちにも売ってほしい」

「フルーツ牛乳とやらもだ。頼む!!」

「ここでツボマッサージなんとかという不思議な道具があるって、温泉街にも噂が広がっていてな。興味本位でこの宿に来る客が多くなって、うちには今日は客が一人も来ないんだ」

「うちもだ。宿はこっちがいいって言ってよ……」

話をまとめますと。

私が泊まっている宿に、青竹踏みやら足ツボマッサージやらがあるという噂が広まったらしくてですね。

まずここの宿がてんてこまい。

次に他の宿のお客が激減してしまったそうです。

普通の商人なら、売上が上がって万々歳と喜ぶところですが、ここは温泉街。

訪れた人の心と身体を癒やす場所であるのに、混雑してしまいサービスが疎《おろそ》かになると本末転倒ということだそうで。

女将も他の宿の経営者から頼まれて、私との取り次ぎをしたそうです。

確かに、最近は廊下ですれ違う従業員さんの目が死んでいます。

「大まかな金額は聞いたが、うちはこれだけ出す。どうだ？」

――パチパチパチパチ。

懐からソロバンを取り出して、計算を始める経営者さん。

それは、かつての勇者の一人、初代アーレスト様が広めた異世界の計算道具ですね。

私たち商人の必須アイテムで、私もマイソロバンを持って歩いていますから。

素材によって光沢や模様が違うものもあり、レアな素材のものほど高額になるのです。

中でも伝説的なものが【精霊樹《せいれいじゅ》のソロバン】というもので、確か、『願いましては』という詠唱をすることで、あとは指で弾かなくても金額を読み上げるだけで勝手に計算してくれるそうです。

「ふむふむ。これだとここよりも安いので、これぐらいではどうですか？」

――パチパチ。

私もソロバンに指を伸ばして弾きます。

それを何度か繰り返して、ようやく妥協できる金額になりました。

「よし、ではこの金額で頼む」

「これにはフルーツ牛乳は含まれていないのか？」

「今は在庫切れでして……明日の夕方までお待ちください。明日はさらに新しい商品も入荷しますので」

はい、禁断のコーヒー牛乳とイチゴ牛乳も仕入れます。

説明によりますと、コーヒー牛乳は興奮作用があって眠りにくくなるそうです。使い方によっては、とっても便利な商品です。

イチゴ牛乳は甘さが強く、子どもは手放せなくなってしまうレベルの商品とか。

期間限定版というやつは、イチゴがアマ王というものだそうで、どこかの国の王様の名前がついています。

つまり、アマ王のイチゴ牛乳は『王室御用達』!!

「では、それで頼む!!」

「買える量は、ここと同じなのか？　うちはここよりも大きいのだが」

「一律でお願いします。本来ならお一人様にお売りできるのは五品までなのですが、同業者のみということで、本日は特別販売です」

そうして集まった経営者の方にお売りして、ようやく一安心。

「これで、ここの温泉街のすべての宿に配置できるようになりましたね？」

「いや、【勇者《ゆうしゃ》グループ】の温泉が来ていないんだよなぁ」

「あそこはなぁ……あまりいい噂がないからなぁ」

ふむふむ。

この状態になっても余裕がある温泉、それが勇者グループという温泉だそうで。

まあ、数日後にはここから次の町に向かいますので、私には関係ない話ですね。

「それでは、またのご利用をお待ちしています」

「またって、どこに注文したらいいんだよ？」

「本店があるのなら教えてくださいよ。別の町でも買い付けに向かいますから」

「いえ、私は露店商ですので。まだ固定店舗を持つほどの財力も人脈もありません。それでは、失礼します」

商売が終わったので、そそくさと退散。

さぁ、今度こそのんびりと温泉を堪能することにしましょう!!


あの後は、とっても穏やかな時間を過ごせました。

女将のサービスでおいしいワインをいただき、ゆったりできたのです。

「さて、今日は朝から露店を開かなくてはなりませんけど。先に手続きだけでもしておきましょうか」

国境越えの手続きは、商人にとっては少し面倒なのです。

私たち商人は、商業ギルドに登録さえしてあれば、ある程度は自由に国境を越えることができます。

でも、そのためには審査が必要でして。

犯罪者が国外に逃げないようにするための措置、そして国外に持ち出しが制限されている貴重な資源を持ち出さないようにするためだそうです。

普通に旅をしている人々でも、なかなかすぐに許可が下りることはないそうで。審査が長いと一ケ月とか二ケ月もかかることがあるそうです。

この審査も、一番早く手続きが終わるのは貴族、その次が冒険者です。

この二つは国民証もしくは冒険者ギルドカードを提示することで、犯罪者登録があるかないかすぐに調べることができます。

ですが、商業ギルド発行のギルドカードでは、そこまでの能力はないらしく。

国によっては、持ち出し禁止品や持ち込み禁止の商品や素材もあるため、チェックが細かくなるそうです。

さあ、それでは商業ギルドに行きましょう！


「誠に申し訳ございません。クリスティナ・フェイール様の越境許可は出すことができません」

「え？」

商業ギルドにやってきて、越境許可手続きを行ったのですが。

少しして審査が終わり、そう言われました。

「それは何故ですか？」

「はい。国境警備隊宛てに冒険者ギルド経由で連絡がありまして。クリスティナ・フェイール及びフェイール商店の国境越えは、現時点では認めないと。そして、アーレスト侯爵からの伝言で、クリスティナ・フェイールはラボリュートから出ず、その地にて待機するようにと」

「アーレスト侯爵から……わかりました」

なるほど、お父様が手を回して私が隣国に向かうのを阻止したのですか。

ご禁制の品は扱っていませんし、まさかこの前お渡しした薬用酒の追加が欲しいとか？

でも、その程度で国境越えを認めないなんて……って、国を越えたら私に連絡がつかなくなりますから、それでということなのでしょう。

「誠に申し訳ございません。ギルドの手続きはすべて終わっていますが、そのような指示がございましたので」

「いえ、それは仕方がありません。侯爵様のご命令ならばそれに従って、この街でお待ちすることにします」

「はい、それではよろしくお願いします」

丁寧に頭を下げてから、私は商業ギルドを後にします。

さて、お父様がここに到着するのは、いったいいつのことでしょうか。

冒険者ギルド経由ということは、おそらくは通信の魔導具を使ったということですよね？

王都の冒険者ギルドからの通信でしたら、ここまで一ヶ月以上もかかるではありませんか。

進むに進めず、出るに出られず。

どうしたものかと、考えてしまいます。

「はぁ……最長でも一ヶ月ですか。それまではのんびりと、ここで仕事をするしかありませんね」

露店の場所に到着して、フルーツ牛乳やコーヒー牛乳、イチゴ牛乳を追加で発注。健康グッズの追加発注はなさそうですので、売れ残りの一部はお父様に持たせることにしましょう。

いいえ、在庫処分ではありませんよ、お父様の身体を気遣ってのことですから。

決して、今回の件で少し腹が立って、一割ほど高くするということはありませんよ。二割増しでいかせてもらいます。

「……これでよし。即日発送にチェックと」

これで夕方には納品されます。ついでにアイスクリームのセットも大量発注しました。

いえ、お風呂上がりのアイスクリームって、おいしそうですよね？

「……フェイールさん、今日は何を売っているんだ？」

「今日は雑貨ですね。どこにでもあるような商品と異国の衣服、アクセサリーとか。そうそう、こんな場所に合うんじゃないかと思って、こういう衣服もご用意しました！」

取り出しましたるは、浴衣《ゆかた》という衣服。

確か海の向こう、西方大陸に伝わる伝統の衣服が、このようなものだったと思います。

幼い時に、父に連れられて王都の晩餐会に参加した時。

その国からやってきた大使が、そのような佇まいだったのを思い出しました。

「へえ、見かけない衣服だがなんだこれは？」

「浴衣ですわ。遠く西方の衣服です」

「ユタカ？　ん？　あの吟遊詩人の？　盗んだ馬車で走り出すって歌っていたやつだろ」

「いえ、その方ではありませんわね」

「あ、冒険者の、ほら、ショートスタッフを振り回してモンスターを一撃で吹き飛ばすやつだろ？必殺技が『葬らん！』とかいうやつ」

「あの、あまりにも的外れすぎですわ。かっ飛ばしますわよ？　ユカタです。こう、ええっとですね」

シャーリィの魔導書を開いて、そこに書いてあった着方を真似て着てみます。

チュニックの上からですけれど、こう、ゆったりと着られるのは嬉しいですよね。

帯というのが難しいので適当に締めてみましたけど、これはちゃんと着付けができれば、かなりゆったりとした感じになりますよね。

「へぇ、ずいぶんとゆったりしているな。肌着の上から着るやつか？」

「はい。今は簡単に見せるために、こう普段着の上から着ていますけど。本来は肌着の上から着るものだそうです」

そう説明しつつ、くるりと回って周りのお客さんにも見えるようにしました。

これはそんなに在庫はないのですが、この温泉地に来る前に仕入れておいたのですよ。

温泉なら、浴衣は必要って書いてありましたから。

「へぇ。それなら一着、もらおうかな？」

「俺もだ。模様は種類があるのか？　これは男用なのか？」

「はい、模様はこちらの三種類で、男性用です。こちらは女性用で、ええっと、専用の靴もあります。これはこの鼻緒《はなお》？　の部分に足の指を挟みまして……」

一つ一つ丁寧に説明しつつ、販売を続けます。

周囲の露店の方もヒョイとやって来て、数着買っていきました。

そんなこんなで昼になって、お昼ご飯でも食べに行こうかなぁと露店を閉めていましたら。

とある人が私の前に現れました。

「やはり、この街まで到着していたか」

「え？　あ、おと、これはアーレスト侯爵。本日はご機嫌麗しく」

危ない危ない。

想像していたよりずっと早い再会に、動揺してしまいました。

こんな人通りのあるところでお父様だなんて呼ぶことはできませんよ。

すると、それを察してくれたのか、お父様も軽く咳払いをして。

「フェイール商店に注文したいものがある。それと、聞きたいこともあってだな。場所を変えて話がしたいが、構わないか？」

「はい。取引のことでしたら、場所を変えましょう……商業ギルドでよろしいですか？」

商業ギルドには、商人同士が取引するための個室がいくつかあります。

「では、そこに向かうとするか」

「はい。こちらでございます」

商業ギルドに登録されている商人が使うための個室は、外に声が漏れないように防音の魔術が施されています。

ここでなら、どんな秘密の会話をしても外に漏れることはありません。

「では、単刀直入に質問する。以前私にくれた薬、あれは異世界のものだな。クリスティナ、異世界の商品をどこから仕入れている？」

さすがお父様。あの商品が異世界のものだと突き止めたのですね。ですが……

「秘密です」

堂々と、そしてきっぱりと答えます。

商人が、自分の仕入れルートを教えるはずがないじゃないですか。

アーレスト商会の当主たるお父様が、そんなことを知らないはずがありません。

「商人としては当たり前の答えだな。では、質問を変える。異世界の商品は、いつでも入荷できるのか？」

「いつでも、というわけではありませんが……割増料金を支払えば二日以内に届けてもらえます」

「そうか……それならば、今から見せるリストの商品を入手できるか？」

お父様が【アイテムボックス】から数枚の羊皮紙を取り出し、私に見せてくれます。

さて、どうしましょうか。

ここでシャーリィの魔導書を開いて商品があるかどうかを調べるのは簡単です。

問題なのは、それが父の目に触れるということ。

「つかぬことをお聞きしますが。侯爵様は、勇者文字を読むことはできますか？」

「いや、それは不可能だな。あの文字は解析方法が失われており、我が家の書庫にある初代の残した文献も、誰も読むことはできない」

そうですか。

では、ここで型録を開いても読むことはできないのですね。

それならばと、堂々と指輪からシャーリィの魔導書を取り出します。

これは母の遺品ですので、それほど驚くことはありませんよね。

そして父の目の前で魔導書を開き、リストにあった商品を確認します。

すると、父が魔導書に釘付けになっています。

「クリスティナ、それはなんだ？　その魔導書はマルティナが持っていたものだな？　何故、お前が開けるのだ？」

「はい、私はこの魔導書と契約しました。特になんの苦労もありませんでしたよ」

「そ、そうか、それと、その絵はなんだ？　見たことのない絵柄があちこちに載っているし、書いてある文字は勇者文字ではないのか？」

「はい。この魔導書と契約したことで、勇者文字が読めるようになりました」

――パン！

自分の額に手を当てて、父が天井を仰ぎ見ます。

「何ということだ……まさかお前にそのような才能が眠っていたとは」

「さて、お父様、このリストの商品はほぼすべて仕入れることが可能です。ですが」

面倒なことになりそうなので、話を逸らしましょう。

チラリと腕時計を確認して、今の時間を見ます。

うん、もう午後なので今日納品することは不可能です。今からの発注でしたら、即日発送コマンドを使っても届くのは明日の朝になりますね。

「納品は明日の朝以降になります。それでよろしいですか？」

「明日の朝だと！　そんなに早く納品できるのか？」

「はい。それでよろしければ、今すぐに発注しますけど、どうしますか？」

「頼む。もう王都の勇者たちは痺れを切らして待っているのだよ」

「これは勇者様からのご注文なのですか？　そういえば、このリストの商品は誰が注文を受けたのですか？」

そこが問題です。

私が仕入れられることなど誰も知らないはずなのに、なぜ、このようなアーレスト商会の発注リストがあるのでしょうか？

「いや、実はオストールがな……」

お父様は、王都で起こった話を説明してくれました。

「つまり、今回の件はオストールが勝手に注文を受けたにもかかわらず、商品を納品できないことがわかると、私が盗み出したなどと罪を擦りつけたということなのですね？　それで発注リストの商品を急ぎ入手しないとならないと」

あのクソ次男……いえ、もう兄だなんて思いません。

そもそも私は、アーレスト家を追放されたのですから。

「正確には、擦りつける前に私が握り潰した。オストールは自分がアーレスト侯爵家の次期当主になるために、己の失敗をもみ消してクリスティナに罪を被せようとした。だから、国王にすべてを報告し、オストールを勇者担当から外した」

つまり私は無実であり問題なし、オストールさんはこの件で失墜。

無事にアーレスト侯爵家は、長男のグランドリさんが継ぐと言うことですか。

まあ、今の私には関係ありませんが。

あの継母がどんな顔をしているのか、気になるところではありますけどね。

そして父の様子を見て、ようやく理解できました。

父は私が異世界の商品を取り扱っていることを突き止め、オストールの後始末を付けるために私の元を訪れたのでしょう。

では、ここは父のために、一肌脱ぐことにしましょう。

「わかりました。では、こちらの商品はアーレスト商会からフェイール商店への注文ということで、よろしいですか？」

「ん、あ、ああ。そのように処理してくれると助かるが」

そこで言葉が途切れます。

ん、今までの商人の顔ではなく、穏やかな、休日のお父様の顔になりましたが。

「クリスティナ……いや、クリスティン、王都に戻ってこないか？」

「お断りします。私はクリスティナ・フェイール。今更、王都に戻る気はありません」

きっぱりと言い切ります。

大体、私は契約の精霊との盟約によって王都に入ることも許されていません。

そもそも、あの継母が私を追い出そうとした時に、脅された可能性があるとはいえ、お父様は反対しなかったのですよね？

そう思ってじっと顔を見ると、お父様は突然痛みに耐えるような険しい顔になり、そして軽く頭を振ってまた仕事の顔に戻りました。

はて、どういうことでしょうか？

「そうか、いや、そうだな。しかしそうなると、今後の勇者からの追加注文については、どう処理したらよいものか」

「今回のように無茶なことをして私を街に足止めするようでしたら、今後の取引はお断りします。でも、そうでないのなら、私に連絡をしていただければ、すぐにでも荷物をそちらに送らせてもらいます」

「送らせて？　まさか、直接届けてくれるというのか？」

そのための、配達先指定ですね。

会員レベルが上がっていて助かりました。

「はい。まずはこちらの商品の手続きをしますので、お待ちください」

そこから先は、時間との勝負。

羊皮紙に書き記されている商品を、発注書に書き込んでいきます。

念のため発注量を少し多めにして……と。

時折、チラリチラとお父様を見ますが、じっと窓の外を眺めていらっしゃいます。

商人の顔のままなのは、少し寂しく思いますけど。

「お父様の【アイテムボックス】は、どれぐらいの大きさがあるのですか？」

「私のか？　そうだな……」

おおよそのサイズを確認します。

お父様の【アイテムボックス】の容量は屋敷の応接室二つ分、と言うことは、今回の発注分はすべて入ります。

そうなりますと、問題は時間停止だけですか。

食料品関係は、どうしても時間停止機能がなくては運ぶことはできませんから。

「大きさはわかりました。ちなみにですが、お父様の【アイテムボックス】は、時間停止は可能ですか？」

「それは不可能だな。それができるのは、勇者ぐらいだ。マジックバッグも今は手元にないし……って、まさか、クリスティナの【アイテムボックス】は、時間停止も可能なのか？」

その言葉には、静かに頷いてみせます。

今更、隠す必要もありませんので。

「他に、【万能鑑定眼】も授かりました」

「【アイテムボックス】と【万能鑑定眼】……」

「他にもいくつか祝福《ギフト》を授かりました。それから、今まで黙っていたのですが、実は私、教会で洗礼を受けた時にも一つ祝福《ギフト》をいただいていたのです。【精霊魔術】のスキルだったので、お兄様たちと比べて恥ずかしくて、ずっとお伝えできませんでしたけれど」

「な！　やはり、初代アーレスト様の言うとおり、アーレスト家の後継に必要なのは、【精霊魔術】の祝福《ギフト》であったのか……そうか、精霊女王の力……クリスティナ・フェイールが得ていたのか……」

そう呟いた時、一瞬ですが父の顔がニイッと歪んだような気がしました。

疲れているのかなと思い、もう一度顔を見直すと、先ほどまでの商人の顔に戻っています。

気のせいなのか、それとも何かあるのか、私にはわかりません。

「私の祝福《ギフト》については、ご内密にお願いします。これで仕入れできる商品のチェックが終わりました。これから発注しますけど、保存の効かない食料品については、今回は外させてもらいます。その代わり、侯爵様が王都に着く頃に到着するように、別便で食料もお届けしますので」

私がそう説明すると、お父様は静かに頷いてくれました。

「それは助かる。あと、ここに来る途中の港町サライでお前が米などを納品した宿にも、追加で米と寿司酢、醤油を届けてくれるか？　支払いは私が行うから」

「へ？　あの宿ですか？　まさか、勇者様に納品するために買い占めたとか言いませんよね？」

「いくらなんでも、そんなことはしない。四人分だけ融通してもらったのだ。その代わりに、米を納品するようクリスティナに頼んでおくと約束した」

それは、まあ、なんといいますか。

私と合流できなければ、どうするつもりだったのでしょうか。

「また、貴族であることを盾に、そのような無茶を」

「無茶ではない、現に、クリスティナと会えたのだから、問題はないだろう？」

そう事務的に告げるお父様ですが、やはり何か違和感のようなものがあります。

貴族であることを盾にする、会えるかわからない私との交渉を利用する。

普段の、いえ、私の知るお父様とは少し違います。

なんでしょうか、この違和感は。

それに、先ほどの歪んだような顔も気になります。

どこか、具合が悪いのかもしれません。

「はあ……これっきりにしてください。それと、もしもお身体の具合が悪いのでしたら、治癒師の方を呼ばれたほうがいいと思います」

「具合が悪い？　この私が？」

はぁ。

自覚のない病人ほどタチが悪いものはありません。

お米の件については、あの宿の女将さんにはお世話になりましたし、きっと困っているのでしょうから配達してもらうことにしましょう。

ということで代金の計算を行い、その金額を提示します。

「むう、予想外に高いな」

「一週間ほど納品を待っていただけるのなら、もう少し安くなります。これは即日発送で料金が割増されているのですから」

「わかったわかった。その異世界の商品を取り扱っている店に、少しまけてくれるように頼めないのか？」

「無茶を言っているのは私ですから。では、明日、商品と引き換えにお支払いをお願いします」

スッ、と右手を差し出します。

そして私の意図が理解できたのか、お父様は握手を返してくれます。

——ピリッ。

ん？

握手した瞬間、手がピリッとしましたけど。

本当に、なんでしょうか。

まあ、これで取引は完了、無事に何事もなく終わりました。

「では、ここからは父として。夕食でもどうだ？」

「そうですね、夕方でしたら構いませんわ。これから午後の仕事ですので」

「すっかり商人になったものだな。まあ、それまではここの領主のところにでも顔を出してくるとするか」

確か、このラボリュートの領主はグレイス・ラボリュート女辺境伯でしたわね。

かなりの手腕を持っており、いくつもの温泉宿も経営しているとか。

フェイール商店も、いつかそんな大きな店にしたいものです。

ということで私は露店へ、お父様は辺境伯の元へと向かいました。


次の日、ほどよくのんびりと開店の準備をしていますと。

露店の場所に三人のお客が来ました。

「温泉で売っている青竹？　とか言うのと足踏みツボなんとか、まだあるか？」

「あるなら、全部出してもらおうか？」

「ついでにフルーツ牛乳とかいうのもな。あるだけ出してもらおう」

「……お一人様、五品までと決まっています。それ以上はお売りできませんし、フルーツ牛乳は品切れです」

どう見ても柄の悪そうなお客です。

冒険者というか、冒険者崩れというか。

とにかく、そんな感じの三人組です。

彼らは私の答えに納得いかないのか、陳列してある商品を思いっきり蹴り飛ばしました。

——ドンガラガッシャーン！

「何をするんですか!!」

「あ～。早く出せよ。出さないと、もっと酷い事故が起こるかもなぁ」

「そうそう、事故だよ、俺の足の前に商品があっただけだ。ほら早く出しやがれ!!」

「おおっと、足が滑《すべ》った！」

蹴るだけでなく、衣服や浴衣を踏み潰すなんて、許せません!!

「弁償してください!!　これは私が販売している商品です。あなたはその商品を使えなくしたのですから、弁償するのは当たり前ですよね？」

「はぁ？　お前、誰と話していると思っていやがる？」

「俺たちを知らねーのかよ、このクソ女ぁぁ」

今度は私を蹴り飛ばそうと、男が足を上げた瞬間。

――コン、ドサッ!!

男の身体が宙に舞い、地面に落ちました。

「て、てめえ、何者だ!!」

「相棒に何しやがった！」

突然のことで、何が起こったのかわかりません。

ただ私の目の前には、地面に倒れている男と、それを見下ろしているペルソナさんが立っています。

「何者だと申されましても。あなたたちが私の大切な取引主に狼藉《ろうぜき》を働いたので、それなりの報復をしただけですが？」

「なんだと、このクソ野郎が!!」

「こいつをたたんじまえ!!」

叫びながらペルソナさんに向かって殴りかかる男たち。

でも、ペルソナさんはその攻撃をヒラリと躱《かわ》し、二人の側頭部を次々と蹴り飛ばしました。

それで男たちはノックダウン。

――ピーッピッピッ!!

そして聞こえてくる警備員さんの笛の音。

「露店での私闘はご法度《はっと》です。何があったのですか?」

「この三人組が、こちらの店主を恫喝《どうかつ》し、あまつさえ危害を加えました。私はこちらに商品を納品しているペルソナと申します、こちらは商業ギルド発行の身分証です」

身分証を提示して、淡々と説明するペルソナさん。

すると、警備員さんは私の方を見て。

「この場所はフェイール商店の露店ですか。身分証の提示をお願いします」

「は、はい!! こちらがそうです」

すぐに警備員に身分証を提示しました。

すると頷きつつ、倒れている三人を後ろ手に拘束してしまいます。

「この三人組は、ある貴族に仕えていまして。何かと面倒くさいやつらなんですよ。まあ、今回は現行犯ですので、このまま牢屋にぶち込んでおきます。露店での私闘及び恐喝は、この街では重罪になりますので、当面は拘束されるでしょう」

「あ、ありがとうございます!!」

「それでは」

追加の警備員はやってきて、男たちは連れ去られました。

それにしても、ペルソナさんって、実は強いのですね。

思わず見惚《みと》れてしまいました。

でも。

どうしてペルソナさんが？

即日発送の担当はクラウンさんのはずなのに？

「さて、とりあえず今日は露店を閉めたほうがよろしいでしょう。納品はその後で構いませんよね？」

「は、はい!!」

いけないいけない、それよりも早く片付けないとなりません。

でも、この浴衣とかは破れたりしてもう商品にはなりませんよね。

はぁ、ロスになってしまいました。

「しかし、さっきの三人組は今後も面倒事を起こしそうです。できるなら、護衛を雇うかなんらかの手段を使って身を守ることをお勧めしますよ。女性一人の商店なのですから、安全面にも気をつけないと」

「はい……でも、護衛を雇うとなりますと、冒険者ギルドにお願いしないとなりませんよね？　私は個人商隊《トレーダー》なので、あちこちの土地を旅しますから。護衛の長期契約をお願いするというのも難しいかと思いますし」

そう説明しつつ片付けを終えます。

急いで立ち上がろうとしたのですが、足がガクガクと震えてうまく立てません。

それに、身体も少し震えています。

さっきの三人組への恐怖が、今頃になって湧いてきたようで。

もしもペルソナさんが来てくれなかったら。

私はどうなっていたのかわかりません……

そう思ったとたん、身体から力が抜けて、手足がサーッと冷たくなっていくように感じます。

私は両肩を抱きしめて震え、動けなくなってしまいました。

「ふむ。立ち上がれそうにありませんか。では、失礼します」

――ガバッ!!

「え、な、何、きゃあ!!」

すると突然、ペルソナさんが私を抱き上げました。

いきなり抱っこされましたよ、お姫様抱っこっていうやつです!!

物語の挿絵でしか見たことがありませんよ、勇者様がお姫様を助けた時のアレです!!

ちょ、ちょっと待ってください、顔が、ペルソナさんの顔が近くにあります!!

これで仮面がなく素顔だったら、ときめき度百二十パーセント……ってあれ?

「ペ！　ペルソナさん!!　こんな人気の多い場所で！」

「ご安心ください。馬車の【認識阻害】の魔術効果で守られていますから。誰も私たちのことを変な目では認識していませんよ」

「私が恥ずかしいのです」

「もう少しの辛抱《しんぼう》です。馬車まで到着したら、ちゃんと下ろしますので」

そんなことを言われても、私はどうしたらいいのかわかりませんよ。

ああ、配送馬車も白い。

クラウンさんの代理ですよね？

まさか、私を助けに急遽《きゅうきょ》駆けつけたとか言いませんよね？

心なしか鼓動が速くなっているように感じます。

体温も高くなってきて、それにペルソナさんからいい香りが……

これは石鹸の香りでしょうか？　ってちょっと待ってください、落ち着け私、そして早く下ろしてくださいよぉぉぉぉぉぉぉ。

頭の中が、ぐるぐると回っています。

「さあ、もう大丈夫ですか？」

「ふぁ、ふぁい、大丈夫です!!」

型録通販のシャーリィの配送馬車のところに到着して、ようやく下ろしてもらえました。

はぁ、まだ鼓動がドキドキと高鳴っています。

でも、私のこの気持ちを知ってか知らずか、ペルソナさんは愛用の白い馬車の方に向かいました。

「では、こちらに降ろしますので、検品をお願いします……って、まだ大丈夫ではなさそうですね、もう少し休んだ方がよろしいですか？」

「い、いえ大丈夫です、はい!!」

ペルソナさんが荷物を次々と降ろし始めました。

その量、いつもの二倍です。

勇者様に納品する分と、あとはいつもの追加分なので、やっぱりこうなりますよね。

いつものように私とペルソナさんのやりとりは、大勢の人たちに見られています。

そして作業を進めていくうち、私もようやく落ち着きを取り戻しました。

「あら？　お父様まで」

ふと気がつくと、私たちの作業を複雑な顔で見ているお父様の姿もあります。

その横に立っているのは、グレイス・ラボリュート女辺境伯の旦那様であるケリー・ラボリュート様ではないですか。

まだ私が小さい時、この地で挨拶を交わした程度ですけど、面影は覚えています。

「さて、これで荷物はすべてですね。支払いはいつものようにチャージでよろしいですか？」

「はい、お願いします」

シャーリィの魔導書を取り出して提示し、いつものように支払いを終えます。

いつも思っていたのですけど、このチャージした金貨銀貨は、どこにいくのでしょう？

「あの、ペルソナさん。私がお支払いしているお金、魔導書にチャージしているお金は、どこにいくのですか？」

その問いかけを聞いて、ペルソナさんは不思議そうな顔をします。

「用途の話ですか？　型録通販のシャーリィの運営費などに使われていますよ。この魔導書にチャージした金銭は、私どもの会計監査官がまとめて管理しています。そして会計監査官は、私たちの給与を始めとしたさまざまな経費などの支払いも管理しているのです」

「えっと、それもあるんですが……異世界に金貨や銀貨がどんどん流れていってしまったら、やがてこの世界から金や銀がなくなってしまうのではないですか？」

「ああ、それについては心配いりません。私たちはこちらの世界にも住んでおりますので、普通に生活必需品なども購入します。その時にはこの世界の貨幣を使用しますから、世界から金や銀がなくなるということはないでしょう」

これは、勇者語録にある【サムズアップ】!!

図解入りで説明されている、大丈夫という証ですよね？

「そうでしたか」

心につかえていたものが取れたようです。

これでお話は終わりなのですけど、はあ、ほっとしたら護衛の件を思い出しました。

そして私の考えを見透かしたかのように、ペルソナさんが尋ねてきます。

「……フェイール様。以前、メルカバリーの領主様からいただいた彫像はお待ちですか？」

「ええっと、小さな竜とユニコーンの像ですわよね？　こちらですよね？」

【アイテムボックス】から、いただいた二つの彫像を取り出し、ペルソナさんに見せます。

すると、顎に手を当ててふむふむと考えてから、右手を像にかざしました。

「では。二人にはそろそろ目覚めてもらいますか。今日は、この像は【アイテムボックス】にはしまわないで持っていてください。少々細工をしましたので。明日にでも、護衛の件はクリアしているかと思います」

「えっと、ありがとうございます」

よくわかりませんが、ペルソナさんの言うことに従っても問題はないでしょう。

「では、私はこれで失礼します。またのご利用を、お待ちしています」

丁寧な挨拶。

そしていつもなら、すぐ馬車に乗って去るのですが、ペルソナさんはそのままお父様の方をじっと見ています。

「……あの男は、闇の精霊に取《と》り憑《つ》かれているのか……」

ん？

ペルソナさんが何かを呟いたようですが、聞き取れませんでした。

「あの。本日は助けていただいて、ありがとうございました。でも、どうしてペルソナさんが駆けつけてくださったのですか？」

助けてくれたお礼を告げます。

するとペルソナさんは、私の方をじっと見て。

「本日は、即日配送担当のクラウンが急遽、別のお客様のもとに向かうことになりまして。そちらの方はお得意様なので無下に断れず、私が代理でやってきました」

「そうでしたか」

うん、なんでしょう？　私は少しだけ寂しい気分になってしまいます。

そしてペルソナさんは一礼してから馬車に乗って、いつものように走り出し……はい、消えました。

あの馬車、ちょっとだけ欲しいと思ったことは内緒です。

そして馬車が走り去り、お父様が近寄ってきます。

「クリスティナ。今の馬車が、例の商人なのか？」

「はい。頼まれたものはすべて届けてもらえました。今からお渡ししますので」

「ああ、納品は今夜にしてくれないか。実はラボリュート辺境伯が、今晩は辺境伯邸で晩餐をと声をかけてくれたのだ。お前もどうだ？」

勇者様からのご注文、急ぎではなかったのでしょうか？

夜までここに滞在するなんて、商人としてのプライドを持つ普段のお父様では考えられない行動です。

困惑した私がお父様を見ていると、ケリー・ラボリュート様が話しかけてきました。

「我が妻も、巷で噂のフェイール商店の主人から色々とお話を聞きたいとかで。どうでしょうか？」

どうだもこうだも、辺境伯のお誘いなんて断れるはずがないじゃありませんか。

「はい、わかりました。ケリー・ラボリュート様、一介の商人の私を招待していただいてありがとうございます。謹んでお受けします」

「いえいえ。フェイール商店のお話はシャトレーゼ伯爵からも伺っていますので。ぜひ、我が家にも貴重な異国の商品を売っていただけると助かります」

「はい。それでは後ほど、お伺いしますので」

お二人にカーテシーで挨拶をしてから、一旦、宿に戻ります。

そこでようやく一息ついたので、あとは辺境伯の家に向かうための準備をすることにしましょう。

さて、せっかく異国のドレスがありますから、宣伝も兼ねて着ていきましょうかね。

◇　◇　◇

——ハーバリオス王国王都。

アーレスト商会本店では、長男のグランドリがサライの近くにあるエルフの里より入手した米の扱いについて頭を抱えていた。

彼がエルフの里に保管されていた種籾のことを知ったのは偶然。

新しい商品を求めて、商業ギルドや情報屋などに各地の特産品について調べてもらっていた時、酒場で酔い潰れていたエルフから聞き出したのである。

各地のエルフは初代勇者から命じられ、さまざまな穀物や技術を秘匿し伝えていたという話も聞き出すことができた。

しかし、種籾をどうにか非合法的に入手したのはよいものの、古代の文献からは精米方法と『米を炊いて料理に使った』という情報が読み取れるだけで、それ以上のことはわからなかったのだ。

やむなく文献の解読は中止し、本店の調理場に手配した料理人や錬金術師を集めて、さまざまな方法で米を炊かせ始めた。

勇者の残した文献はグランドリには読めないため、米を栽培していたサライ北東の村人の知恵を借りるしかない。

だが、その村も滅んでいる。そのため、サライで勇者丼を扱っていた店から米を扱える料理人を雇おうと考えていたのだが、結果は推して図るべし。

往復一ヶ月以上かかる距離を、自分の店を休んでまでやってくる料理人などいない。

道中の安全性を考えるなら護衛を雇う必要もあるのだが、それほどの予算を払ってまで王都にやってくる料理人はおらず、グランドリも報酬としてそこまで支払う気はない。

結果として、王都の一流レストランやサライで勇者丼を食べたことがある料理人が集められ、米をおいしくする方法を模索していた。

「……これが、その結果ということか？」

「はい。この短期間でしたら、どうしてもここまでが限界のようです。あと少し、もう少しでかなり近いものはご用意できますが」

「まあ、これでもかなりおいしいからな。あの勇者丼を食べた者は、なんと言っている？」

「火加減と水加減、あとは素材である魚の鮮度が今後の課題かと」

グランドリの前に並べられたものは、勇者の世界ではお粥《かゆ》、パエリアと呼ばれるもの。

やはり米を炊くというのは難しいらしく、この二品を再現できただけでも大したものであると言えよう。

「うむ、悪くない。では、これを早急に王城へ届けるよう……いや、俺も一緒に向かう」

「グランドリ様自らですか？」

「ああ。この機会に、勇者様にも覚えてもらうとしようじゃないか。アーレスト侯爵家次期当主を」

すぐさま新しいお粥とパエリアを作り、颯爽《さっそう》と王城へと向かうグランドリだったが。


「うぉぉぉぉぉ、海鮮丼じゃないか!!」

「お米だぁ。久しぶりのお米じゃん、きのっち!!」

「アーレスト商会ですか。わざわざ時間停止されたバッグで届けてくれるとは。お米の炊き加減、酢の加減もいい。何よりも、この刺身の鮮度が最高ですね」

「……故郷の米。懐かしい」

アーレスト侯爵の使いが、サライから勇者たちに勇者丼を届けたのはつい先ほど。

宰相自らが荷物を預かり、それを勇者たちの前で取り出して見せたのである。

「まだ発注された荷物は届いていませんが。これで今しばらくは納得してもらえますか？」

「上等‼　それよりもおかわりはあるか？」

「いえ、さすがにお米は貴重でして。それにこれは港町サライから届けられたものですので、片道でも二週間はかかります」

そう説明する宰相。

なんとか納得してもらいたいと必死な姿に、緒方も無理は言えないと黙り込む。

「そうですか。米は貴重か……」

「港町サライ……お米……アイスクリームもあるかも……」

ブツブツと呟く紀伊國屋と柚月。

それに気づかず、宰相は話を続ける。

「これで訓練も再開してもらえますよね？　魔族の帝国の侵攻が予想よりも早く、東部のメメント大森林の聖なる祠も守りが厳しくなっています」

「その祠が奪われると、国土にかけられていた【精霊女王《せいれいじょおう》の加護《かご》】が失われ、【大地豊穣《だいちほうじょう》の術式《じゅつしき》】が解除されるんだよな？　そうなったら、もう米も食えなくなるのか」

「はい、魔族の帝国は我々から大地の恵みを奪った後、我が国を征服しようと企んでいます。一刻も早く、魔族を追い返していただきたいのです」

説明する宰相に、紀伊國屋や武田、緒方は頷くのだが。

柚月の口からは『甘味～』やら『サライまで二週間～』やらと、不穏な呟きも漏れている。

そんな折。

――コンコン。

扉がノックされ、執事の一人が室内にやってくる。

そして宰相の前で、グランドリ・アーレストが勇者に謁見を求めていると告げた。

宰相は少しだけ考えてからそれを許可した。

「宰相様、そして勇者の皆様。私はグランドリ・アーレストと申します」

許可を得たグランドリは、意気揚々と室内に入ってくる。

「本日は、勇者様の故郷の味の再現に成功したので、それをお届けにやってきました。さあ、こちらをご賞味ください」

恭しく告げてから、食べ終えた勇者丼の器の横にお粥とパエリアの入った鍋を並べる。

「へぇ。お粥だな？」

「こっちはパエリアか。海鮮風ではなく、肉が主体のパエリアとはまた、珍しいなぁ」

「はい‼　我がアーレスト商会本店は、お米の入手に成功しました。とある場所に蓄えられていたものを一括購入しましたので、こちらの料理は定期的に卸すことが可能です」

このグランドリの報告について、宰相は初耳である。

だが、先日の失態を演じたオストールよりも、実際に商品を持ってきたグランドリに好感を持つのは仕方がないことだった。

その入手方法が違法であるなど、裏の事情は宰相たちは知らないのだ。

「さて。海鮮丼を食べたばかりだけど、まだ余裕はありますから。少しもらうことにしましょうか」

「あーし、パエリアなら食べたい。お粥ってじじ臭くない？」

「お粥があるのなら、梅干しも欲しいところだが」

「パエリアだけでいい」

そう言いつつ、食事を再開する勇者たち。

その光景に満足した宰相とは違い、グランドリは紀伊國屋の言葉が気になっていた。

——海鮮丼を食べた？　どこから入手したんだ？　それってまだ米があるっていうことじゃないか……早急に米の入手ルートを潰す必要があるな。

あくまでも自分の利益のため。

そのために裏から手を回すことなど、グランドリにとっては日常茶飯事。

そんなグランドリの心の内など知らず、紀伊國屋たちはお粥とパエリアを堪能していた。


海鮮丼とパエリア。

この二つで気をよくした紀伊國屋たち勇者四名は、翌日から特訓を再開する。

いや、再開するはずだったのだが。

朝食にも顔を出さない柚月ルカ。

体調でも崩したのかと、侍女に彼女の様子を見に行ってもらったのだが、部屋には彼女の姿はなかった。

どこを捜しても王城敷地内には姿が見えず、門番に確認しても外に出た形跡はない。

夕方まで捜索は続いたのだが、夕方六つの鐘の音と同時に、彼女の部屋の前に張り紙が生み出された。

「確か、【メッセンジャー】とかいう高位魔術だな」

「はぁ？　いつのまにあいつは、こんな魔術を覚えたんだよ？」

「ぼ、僕は興味がないから……」

張り紙を剥がして目を通す三人。

『あーし、スイーツ買ってくるから。お土産を待っててちょ！』

ただ、それだけ。

柚月は海鮮丼を食べてから、ずっとスイーツのことが頭の中から離れなかった。

そして深夜、魔術で姿を消して箒に乗り、空に飛び上がると、緒方のついでに購入した懐中時計を取り出した。

そこに残る、奇妙な魔力。

それを探知魔術で追跡しながら、柚月は異世界の商品を取り扱っている商人を捜すために飛んでいったのである。

残った三人は柚月の件について宰相を通して国王に報告。

それを聞いた国王はとりあえず、通信の魔導具を用いて南部の各都市に、柚月の姿を見たら城に戻るように伝えろと命じた。

国王や紀伊國屋たちは、柚月は買い物が終わったら戻ってくるのだろうと考え、特訓を再開することにしたのである。

◇　◇　◇

夜になると、ラボリュート辺境伯の使いの方が、馬車に乗って宿まで迎えに来てくれました。のんびりと夜風にあたりながら歩いて行こうと思っていたのですが、今朝の騒動が辺境伯の耳にも届いたそうです。

私自身もあの恐怖が少しだけぶり返して来たので、ご厚意にあずかることにしました。

そしてグレイス・ラボリュート辺境伯様とその旦那様であるケリー・ラボリュート様、二人のお子様とお父様、私の六人の楽しい晩餐が始まりました。

「フェイールさん、そちらのドレスはこの辺りでは見ないものですわね。どちらの服飾店からの仕入れなのですか？」

「申し訳ございませんが、仕入れ先などの情報は、商人にとっての生命線ですので、ご勘弁願えますか？」

「そう？　それなら、まだ在庫はあるかしら？　私の身体に合うドレスが欲しいわ」

はい。

幸いなことに、異国のドレスはフェイール商店の目玉商品です。

常に在庫はありますので、問題はありませんわ。

【サイズ補正】の魔術効果が付与されているドレスはまだ数が少ないのですが、きっとお気に召していただけるものがあると思います。

「はい。多少でしたらございます。後ほどご覧に入れますのでお待ちください」

「それは楽しみにしていますわ」

辺境伯様は満足そうに食事を続けます。

そして、私の方をチラチラと見ている女の子と男の子。

確か、辺境伯様のお子さんで、双子だと聞いています。

まだデビュタントには早い年齢だそうですけど、どうやら異国の商品に興味があるようで。

一方、旦那様であるケリー様はどうにも居心地が悪いのか、お父様が話しかけても頷くばかりで、静かに食事を続けています。

「お二人にも、異国のお菓子を差し上げますわ。辺境伯様にお渡ししておきますので、後で受け取ってください」

「はい!!」

「ありがとうございます！」

私が直接お渡ししても構わないのですけど、やはり一旦は辺境伯様に預けることにします。

念のため鑑定してもらって安全を確かめてからの方がいいですからね。

それにしても、この料理はすごくおいしいです。

なんと申しますか、王城勤務の料理人クラスの腕があると思います。

久しぶりの豪華な食事を堪能した後、歓談が始まりました。

そこで辺境伯様とお子様たちに、ドレスや装飾品、そして時計などをお披露目します。

ついでに侍女の方にお願いして、お菓子を数点、辺境伯に渡していただきました。

ええ、いつものアイスクリームと、今回は季節限定プリンなるものをお渡ししました。

それを見た瞬間、子どもたちの目がキラキラしていたのはたまらなく可愛いかったです。

しばらくして辺境伯様からの許可も出たそうで、侍女の方がお菓子を持って戻って来ました。

そこからはなんと申しますか、狂喜乱舞とでも説明しておきます。

「このドレスは買わないとね。それとこっちも。この靴とネックレスも……あら、これは何かしら？」

「はい。こちらは黒蝶貝《くろちょうがい》という貝から採取した、黒真珠をあしらったネックレスです。大変貴重なものでして、数も少ないのですよ」

用意したアクセサリーの中には、黒真珠のネックレスもあります。

シャトレーゼ伯爵夫人にお売りしたものより、ほんのわずかですが黒真珠が大きくなっています。

この家格の違いによる取り扱いを間違えたりすると、後でとんでもないことになってしまいます。

女性の嫉妬のおそろしさは、継母を見て嫌と言うほど知っていますので。

しかし、王都での貴族の集まりなどで、辺境伯様や伯爵夫人が黒真珠のネックレスを着けていったとしたら、注文が殺到するのでは……

うん、考えることはやめましょう。

「さて。そろそろ時間ですので、私はこれで失礼します」

お父様が辺境伯様に挨拶をして立ち上がったので、私も立ち上がります。

この後は、お父様に商品をお渡ししなくてはなりません。

「そうでしたか。では、次は王都でお会いしましょう」

「ええ。それでは失礼します」

「では、私も。この後は、侯爵様と商談がありますので失礼します」

私も丁寧に頭を下げます。

すると、ケリー様は笑顔で見送ってくださいました。

先ほどは辺境伯様とお子様たちが私から購入した商品の値段を見て、腰を抜かしそうになっていましたけど、立ち直られましたね。

お子様たちも、時間停止機能付きの鞄をお持ちとのことでしたので、アイスクリームの詰め合わせを大量に購入していました。

ラボリュート商業ギルドに到着後。

「……確かに。商品については問題ないな」

私たちはまたしても個室を借りて、そこでお父様への納品を行っていました。

リストの順番に商品を取り出し、確認してからお父様が自分の【アイテムボックス】に収納します。

それを黙々と続けて、すべての商品の納品が終わりました。

ちなみに代金はしっかり割増分も支払ってくれましたのでご安心を。

「この度は、フェイール商店をご利用いただき誠にありがとうございます。またのご利用を、お待ちしていますわ」

「うむ。今後もよろしく頼む」

そして納品後には、予備で取っておいた健康グッズとフルーツ牛乳、コーヒー牛乳、イチゴ牛乳を取り出して渡しました。

当然、薬用酒も。

一通りの扱い方などを説明している間、お父様は凄く楽しそうでした。

「さて、商人の話はこれで終わりとして。今後、追加の注文があるかと思うが。どのようにして注文したらいい？」

「そうですね。私は、次は隣国カマンベールに向かおうと思っています。この国に勇者が召喚されたとなると、近いうちに東部は戦争になるかもしれないのですよね？」

ハーバリオスと隣接する魔族の国、バルバロッサ帝国。

二つの国が戦争をしている理由は、ハーバリオス東部のメメント大森林の中にある聖なる祠の所有権争いです。

かつては魔族領だったから、あの地は魔族のものであると言うバルバロッサの主張と、過去の大戦時にハーバリオスが占拠した領土だから我が国のものであるという主張がぶつかり合っています。

そして現在は、ハーバリオスの騎士団が祠の警備を務めているので、魔族といえども迂闊に手が出せないそうで。

勇者を召喚したこの機に魔族を追い返し、メメント大森林のすべてを取り戻そうと言うことらしいのですけど。

「まだ先になる。バルバロッサ帝国の軍と騎士団の小競り合いはあるが、肝心の勇者の育成がままならん状態にある」

「それは何故ですか？　そもそも育成とは？」

「今回の勇者召喚、我が国だけで四人の勇者を召喚したのだ」

え？

ちょっと待ってください。

私が知る限りでは、勇者召喚は四つの国が同時に行うはずですよね？

勇者、賢者、聖者、大魔導師。

四つの国が一人ずつ召喚するはず。

どうしてこの国で四人も召喚したのですか？

「いったいどうして？」

「オズワルド公爵が進言したと小耳に挟んだが……理由まではわからん。魔族に関することとはいえ、我が国の国境問題に他国を巻き込むのは外聞が悪いと考えたのかもな。だが、四人同時に召喚した結果、彼らの力が本来の四分の一になってしまったらしい。だから、今現在は王城で元の力を取り戻すための訓練をしている」

はぁ。

まったく理解が及びません。

「それで、勇者様のやる気を出すために、彼らの世界の商品を渡すということですか」

「ああ。そのためにも、異世界の商品を取り扱う商人と繋がりを持つクリスティナには、この国に留まってもらわなくてはならない。これは国王からの要請でもあるからな」

「また、面倒なことを……では、仕方がありませんので私も今しばらくは、この国に留まっています。大きな街では商業ギルドに必ず寄りますので、もしも追加の商品などがありましたら、そちらに言付けてください」

その後も話し合いは続きましたけど。

そもそも、私は王都に出入りすることができませんので。

近くまで行くことはできますけれど、王都より北へ向かうこともできません。

北方地帯に向かうためには、どうしても王都を通らなくてはなりませんから。

「そうですね……では、次はこのラボリュートから北、オーウェン領に向かいます。そこでしばらくはのんびりとしていますので」

「オーウェンか。それなら、これを持って商業ギルドに向かいなさい」

お父様が【アイテムボックス】から取り出した手紙を、私に渡してくれます。

さて、これはなんでしょうか。

また面倒くさいことになるのでしたら、謹んでお断りしたいのですけど。

「これは？」

「持って行けばわかる。まあ、クリスティナにとっては悪いことではない」

「わかりました。では、私はそろそろ宿に戻りますので」

「そうだな。近くまで送ろう」

「いいえ、本当にすぐそこですから大丈夫です。それでは」

と言うことで、あとはのんびりと宿に戻りましょう。

この辺りは人気もありますし、【魔導燈《まどうとう》】が道を照らしています。

温泉をのんびりと巡っている観光客もいますし、何よりも警備の人たちも巡回していますので平和なもので……

――ガバッ！

いきなり前が暗くなりました‼

「な、なに、何が‼　誰かいませんか‼」

袋か何かを頭から被せられ、そのまま馬車か何かに乗せられたような感触があります。

「助けてください‼　誰か、助けて」

必死に助けを呼びましたが、そのまま腹部に激痛がして、私の意識は……

第四章　暗躍するものと、裁かれるもの

静かな部屋。

腹部に少しの痛み。

硬いベッドの上。

だんだんと意識が戻ってきました。

ここはどこでしょうか。

「ここは……痛っっっ。乙女に暴力を振るうとは、とんでもない悪人がいるものです」

確か、前にもサライの町で私は攫われましたよね？

その時は勘違いでエルフの里に拉致されましたが、冤罪《えんざい》も晴れて久しぶりにお祖母様と再会しましたね。

今回は、こんな悠長なことを考えている余裕はなさそうです。

「荷物……は、ない。まあ、あの中には大切なものは……ありますわ‼　どうしましょう」

普段使いの鞄の中には、竜とユニコーンの彫像が入っています。

あの彫像は大切なものです。

「ペルソナさんに持っていろと言われたのに……」

——ボッ!!

ペルソナさんのことを考えると、顔が熱くなってきました。

昼間のあのシーンが頭をよぎって、いや、そんなことを思い出している場合ではありません。

まずは深呼吸して心を落ち着かせるのです。

「ふぅ、落ち着きなさい、クリスティナ。貴族の家に生まれたからには、この程度のトラブルには対処できるはず。まずは、自分の置かれている状況を確認して……」

突然、扉についている小さな窓がガチャッと開きます。

そこから人の目が現れて、こちらを見ているではありませんか。

「お、ようやく気がついたか」

「ここはどこなのです!!」

あなたは誰？　なんて質問はしません。

どうせ答えるはずがありませんから。

「まあ、そのうちわかるさ。準備ができ次第、お前はある人物の奴隷になる。ただ、それだけだ」

「奴隷ですって!!　そんなことは許されるはずがありません。この国では、奴隷の売買も所有することも禁止されているのですよ！」

ハーバリオス王国は国民の奴隷所有を禁止しています。

勇者様がいた時代に、奴隷解放宣言というものが行われたからです。

それ以後、奴隷というのは犯罪者にのみ科せられる罰則となり、その場合は国が管理することになっています。

「まあ、そんな甘い話を信じているのなら構わないさ。どうせお嬢さんは、あの方の下で死ぬまでこき使われるだけだからな」

「わ、私をこき使うですって!!」

「ああ。異国の商人との取引はあんたしかできないんだろう？　この街で散々荒稼ぎしたそうじゃないか……その利権も何もかも、あんたが奴隷になれば手に入るってことらしいからな」

そう言いながら笑う男の目にはどこか見覚えが……

そうです、私の露店を荒らした暴漢と同じです!!

「あなたは昼間、私の露店を荒らした暴漢ですよね。どうして今、こんなところにいられるのですか？　警備の人は重罪だから当面の間拘束されるって話していましたよ」

「まさか脱走？　とでも言いたそうだけど違うな。まあ、俺たちを出してくれたやつが、今回の黒幕ってことだよ。それじゃあな」

窓が閉められました。

「……各領地で犯罪を取り締まっているのは駐在騎士団並びに、領都騎士団と警備団……そのうち駐在騎士団は国家に所属しているため、犯罪に手を貸すことはまずありません。そうなりますと、各領地の領主が組織する領都騎士団か、もしくは民間雇用の警備団……」

一つ一つの可能性を考えます。

「でも、警備団も領都騎士団も領主が管理しているはず……単純に考えてみると、領主様、つまりグレイス・ラボリュート女辺境伯が裏で手を引いている可能性があるということですか？」

外が見える窓がないため、今が何時なのかはわかりません。

「はぁ。どうやってここから出たものか。急がないと、奴隷にされて酷い目に遭わされてしまいますわ」

【アイテムボックス】を開いて、目録を確認します。

はい、こんな時に使える便利用品なんてありません。

そもそも鍵のかかっている部屋なのですよ。

盗賊でもあるまいし、鍵開けの道具なんて持って歩いているわけはありません。それに、持っていても使えません。

あれは【盗賊《とうぞく》】という祝福《ギフト》がなくては、ほとんど成功しないそうですから。

――ドンドン！

扉を叩きますが、女性の細腕ではびくともしません。

硬いベッドは据え置きで、持ち上がるはずもなく。

――グウウウウウウ。

はぁ。

こんな時にもおなかは空くのですか。

【アイテムボックス】に保存してあるお菓子でも摘んで、少しでも体力を温存するしかありませんか。

今、ここから抜け出すことはできませんけれど、扉が開いた時、走って逃げればなんとかなるかもしれませんしね。

◇　◇　◇

――ラボリュート辺境伯邸の執務室。

そこでケリー・ラボリュートは、机に向かってほくそ笑んでいる。

「……異国の商品を扱う商人か。このラボリュートの温泉街を活性化してくれた手腕は認めるが。別に、周りの温泉宿まで盛り上げる必要はなかったんだよ」

報告書を手に、ケリーが呟く。

クリスティナがこの都市にやってきてから、温泉街だけでなく商人たちもにわかに活気づいている。

それらの原因はすべて、彼女がもたらした商品による。

この街の人々が見たこともない商品を露店で販売し、温泉宿では不思議な飲みものやら、温泉と妙にマッチしている健康グッズなどを販売。

しかも、それらを温泉街の過半数の宿が入手し、これまでよりも賑わっている。

税金という面で見れば、クリスティナはこのラボリュート領に大いに貢献したと言える。

だが、ケリーとしては、それはすべて自分の手柄としたいのである。

他の温泉宿が繁盛している一方、ケリーが直営している勇者グループの宿は、他の宿に客を取られて閑古鳥《かんこどり》状態。

プライドが邪魔をしてクリスティナにグッズを卸してもらいに行かなかった結果、ますます他店に客を奪われた。

妻でありこの地を統治する辺境伯でもあるグレイスから、宿の管理運営を任されているケリーとしては、この状況をどうにか打開しなくてはならず。

クリスティナの誘拐という強硬手段に出たのである。

「……私はこんな立ち位置に甘んじている場合ではない。私こそがこの辺境伯領、ひいてはこの国家を牽引するべきなのに……だが、あの小娘さえ操れれば、私の評価はうなぎ登り。勇者御用達商店の看板も、古臭いアーレスト侯爵家ではなく、この私のものになるかもしれない」

ケリーは、今の立場に満足していない。

いつか妻と自身の立場が入れ替わり、この地を治めるようになると信じている。

溢れんばかりの野心を抱いて笑みをたたえ、ケリーは机の上に置かれている二つの彫像を手に取る。

「これは、初代勇者が守り神として持っていた彫像。どこかの伯爵家が所有していると聞いたことがあるが、何故あの女が持っていたのか……まあ、どうせ偽物だろうが、何かの役には立つかもしれんな……」

ブツブツと呟きつつ、ケリーは部屋から出ていく。

明日の朝にはクリスティナを隷属させなくてはならない。

少し強めの魔術で思考すら縛り上げてしまえば、あとはケリーの命じるままに異国から商品を仕入れてくる。

ケリーは非合法で活動している【闇《やみ》ギルド】を雇い、やがては異国の商人も隷属させてやろうと企むのだった。

そしてケリーが部屋を後にしてから。

執務室の机の上に置かれている竜の彫像が、やや黒みがかった光を放ち始める。

それは彫像全体を覆った後一瞬で消え、彫像は一人の女性に姿を変えた。

「ふぅ。三百年ぶりの覚醒ですか。しかし、この私に勇者以外の者の護衛を務めるようにと命ずるとは」

机の傍らに立っているのは、黒髪の女性。

竜の刻印をあしらった軽装鎧を身にまとい、腰には同じ紋章の入った一振りのソードを下げている。

ペルソナが力を与えた竜の彫像は、クリスティナを守るという命令を執行するために永き眠りから解放されたのである。

「おっと、あなたを置いていくわけにはいきませんね。私は夜しか目を覚ませないのですから。あなたは昼間、クリスティナ様をお守りしなさい」

机の上のユニコーンの彫像。

それを手に取り腰の袋にしまい込むと、竜の騎士は音を立てないようにそっと部屋から出ていった。

——コツコツ。

階段を下りる音が響く。

ラボリュート辺境伯邸の敷地内、その離れにある今は使われていない建物。

かつては妾たちが住んでいた小さな建物の地下に、ケリーと闇ギルドの女性は下りていく。

そして階段を下りた先の部屋で、クリスティナから奪った鞄を漁《あさ》っている見張りたちを見て、ため息をつきそうになる。

「クリスティナは、もう眠ったのか？」

「へい。ちょっと前までは扉をドンドン叩いていましたが、さすがに女の力じゃ壊すことも開くこともできません」

「それでラボリュート様。あの小娘を奴隷にした暁には」

「わかっている。お前たちの隷属契約は解除してやるし報酬も支払う。まあ、口止めの魔術はかけておくが、私の秘密を話さない限りは普通に生活できるだろう」

その言葉を聞き、無意識に腕の入れ墨をさする男たち。

それは【隷属紋《れいぞくもん》】と呼ばれる禁忌魔術の証であるが、うまくデザインした入れ墨を重ねたことによって誤魔化されている。

隷属紋を知る者ならば、魔力の波長を感じ取ることができるだろうが、そもそも今では失われた秘術なので、それが隷属紋であるとわかる者はほとんどいない。せいぜい、肉体強化系の付与魔術程度と思われる。

そして彼についてきた女性は、クリスティナのいる部屋の扉に近寄ると小窓を開いて中を見る。

「へぇ。可愛いじゃない。性奴隷にするのなら、私がじっくりと調教してあげるわよ？」

「いや、それは自分で行うから問題はない」

「あら、残念ね。この子なら、かなりの高額でオークションに出せるわよ？」

「そんなもったいないことをするはずがないだろう。こいつは金の卵を産む、貴重な奴隷なのだからな」

そう笑いながら呟くケリーだが。

女性は腕を組んで、しばし考える。

――そういえば、以前王都で受けた捜索依頼。オフトールだかオストールだかいう貴族の男が捜索してくれと言っていた女性は、おそらくこの小娘よね……さて、どうしようかしら。

クリスティナへの憎悪だけで闇ギルドに接触したオストール。

なんとかしてクリスティナを見つけ出し、すべての罪を被せた上で自分の手で断罪しようという浅慮な策を練ったものの、支払いはケチで上から目線。

女性もとりあえず貴族の依頼ということで請け負ったが、まさかそのターゲットがここにいるとは予想もしていなかった。

「ねぇ、ラボリュートさん。この小娘の隷属には時間が必要だけど、どうするのかしら？　貴族の、それも勇者の血を継いだハーフエルフが相手となると、さすがに一日や二日で儀式が終わるとは思えないのよ」

「亜人と勇者の血か。つまり魔術抵抗力が強いということだな？　まあ、多少の時間は構わない」

「そうね。十日ほど待ってもらえたら、それまでに終わらせてみせるわよ」

「十日だな。うまくこちらでも処理しておく。いつ連れていく？」

「そうね。今は何も用意していないから、明け方にでも迎えに来るわ」

そう説明をして、女性は手をひらひらと振りつつ階段に向かう。

闇ギルドとしては、払いのよくない侯爵家の息子の依頼よりも、長い付き合いのあるラボリュートを取るのはあたりまえ。

しかしどちらの依頼もしっかりと成立させるためには、少し時間をかけたほうがいいと判断したのだ。

ケリーはそれを見送って、見張りの男たちに釘を刺す。

「あとは任せる。しっかりと見張りをしておくように」

「今度は、あんな優男《やさおとこ》相手に負けませんよ」

「あれは油断したからですし、あんな街の中じゃ、本気を出したら警備員が駆けつけてきますからね」

負け犬の遠吠え。

そう思いつつ、ケリーは本邸へと戻っていく。

そして明け方にクリスティナを引き渡すまで、軽く仮眠を取ることにした。


――カツーンカツーン。

ゆっくりと階段を下りる音がする。

ケリーたちが出ていってから少し、まだ夜明けには早すぎる。

万が一のために、男たちは得物を構え、階段から姿を現すだろう人物を待ち構えた。

そして、部屋の前で足音が止まると。

――スパッ！

軽い切断音と同時に、扉が細切れになった。

黒髪の女騎士が剣を片手に姿を現すと、男たちを睨みつける。

「クリスティナ様をお迎えに参りました。どちらにいらっしゃいますか？　いえ、話さなくて結構です。そこの扉の向こうですね？」

黒髪の女騎士は、男の一人がある部屋の方をチラリと見たのを見逃さなかった。

女騎士は扉に向かおうとするが、その行く手を二人の男が遮る。

もう一人は後ろに回り込み、挟み撃ちの状態を作り出した。

「なんの真似ですか？」

「よお、姉ちゃん。あんた、昼間の仮面男の仲間か？」

「ここにはあんたの探し人はいない。痛い目を見ないうちに帰りな」

「それともあれか？　俺たち三人を相手してくれるのかよ？」

女騎士の身体を舐め回すように見てから、暴漢の一人が喉を鳴らす。

「抵抗しなければ天国を見させてやるぜ」

「天国……ですか。罪なき死者の魂の向かう場所であり、あなたたちには縁のない場所ですよね」

――ギン！

女騎士が目の前の二人を睨みつける。

その視線には魔力が宿っていた。

二人は眼光の威圧だけで漏らし、そのまま気絶して倒れてしまう。

「お、おい、何をした‼」

「睨んだだけですが。それで、あなたはどうするのですか？」

「……ちっ」

背後にいた男は、すぐさま身を翻して階段に向かって走り出す。

「それが正しい判断でしょうけれど。さて、このまま逃すと、後が厄介ですね」

女騎士は階段を駆け上がろうとした男に向かって、右手を差し出して指を弾いた。

すると魔力によって形成された矢が浮かび上がり、高速で男に向かって飛んでいく。

それは深々と男の頭に突き刺さると、全身を麻痺させ意識を奪い取った。

「【拘束の矢《バインドアロー》】ですから命は取りません……それにしても弱い、あまりにも弱すぎます。もう少し骨のある人物はいなかったのですか……と、そんなことを嘆いている暇はありませんね」

女騎士はクリスティナの囚われている部屋の前まで向かうと、そのまま扉を縦横に切り刻む。

そしてガラガラと音を立てて崩れる扉の向こうには、何が起こったのか理解できないままに驚いているクリスティナの姿があった。

「あ、あなたは誰！」

「型録通販のシャーリィのペルソナ様に、力を吹き込まれた者です。ノワールとお呼びください。マイ・フロイライン」

丁寧に腰を曲げ、胸元に手を当てて挨拶をするノワール。

そしてペルソナの名前が出てきたことで、クリスティナはようやく安堵した。

「ペルソナさんが……わ、私は助かったのですね」

「ええ。危ないところだったかもしれません。でもご安心ください。今日からは私たちがクリスティナ様の護衛を務めますので……あら？」

何かに気づいたように、ノワールがクリスティナをじっと見つめる。

「ああ、なるほど。勇者の血筋の……あの方があなたの護衛をしろと言った意味が理解できました」

そう呟いてから、すっ、と手を差し出すノワール。クリスティナは疑問符を頭に浮かべながらも、手を伸ばしてそこに触れると、そのままゆっくりと立ち上がった。

日の出前。

闇ギルドの女性がラボリュート辺境伯邸を訪れる。

彼女は待機していたケリーと共にクリスティナを捕らえている離れにやってきたが、すでにクリスティナの姿はない。

見張りをしていた男たちは気絶し、クリスティナの所持していた鞄も存在しない。

「なんだこれは……いったい何があったというのだ、おい、貴様ら起きろ、何があったのか説明しろ‼」

そう叫びつつ倒れている男たちを蹴り起こすと、ケリーはクリスティナを閉じ込めていた部屋へと向かう。

しかし、切り刻まれた扉以外、そこには何もなかった。

「……ラボリュートさん。今回の依頼はなかったことにしてよろしいわね？　対象者がいないのでは、私どもも何もできないわ」

「ば、馬鹿な。こんなことがあるはずがない‼　説明しろ、いったい何があった！」

意識を取り戻した男の胸ぐらを掴んで引き起こし、ケリーが怒鳴りつける。

だが、その男はノワールに一瞬で意識を刈り取られたため、何があったのか理解できていない。

「そ、それが、変な女騎士がやってきたんですよ。そこの女を迎えに来たって言いまして、戦おうとしたのですが……」

「チッ。使えないやつらだな……」

舌打ちしつつも、ケリーは近くで待っている闇ギルドの女を見る。

「別料金を支払う。クリスティナを連れてこい」

ケリーが上から目線で女性に告げるものの、彼女の反応は今一つ。

ため息をついてからラボリュートの方を向き直すと、彼女はゆっくりと口を開く。

「私たち闇ギルドのルールはご存じ？」

「ルール？」

「ええ。たとえばですが、私たちは暗殺を請け負わない。暗殺については暗殺者ギルドの管轄だから、その縄張りを荒らすようなことはしないの。私たちは非合法な物品の売買、隷属などの禁術の行使、手配者捜索などを生業《なりわい》としているわ。ここまでは理解しているわよね？」

淡々と説明をする女性に、ケリーは静かに頷く。

「手配者捜索などは同一のターゲットの取り合いにならないように調整を行っているの。クリスティナという女性の捜索については、別の依頼者がいるから、そちらを優先しなくてはならないわ」

「では、何故クリスティナの隷属依頼は受けた？」

「隷属依頼と捜索依頼は別だもの。私どもは、あの小娘に隷属魔術をかけた後、捜索依頼の方の依頼主に、ケリー・ラボリュート様がクリスティナを拉致していると報告するだけだから……」

ニッコリと微笑んでから、女性は階段に向かって歩き始める。

「ま、待て、まだ話は終わっていないぞ」

「いえ、終わったわ。だって、依頼者が用意するはずの隷属対象がいないのだから、契約は履行不可能。では、これで失礼するわね」

振り向いて一礼すると、女性はそのまま階段を上っていった。

残されたケリーは、その場に転がっている部下たちを叩き起こすと、すぐさまクリスティナの捜索に向かわせた。

◇　◇　◇

まもなく明け方。

昼間、露店を襲った暴漢から始まった一連の騒動は、とりあえず私の逃走ということで幕を閉じさせてください。

ノワールさんの話によりますと、シャトレーゼ伯爵からいただいた二つの彫像、その一つの竜の彫像が変化し、黒髪の騎士ノワールになったそうです。

今、私はノワールさんと一緒にラボリュート辺境伯邸から逃走しているところです。

「クリスティナ様。もしもケリー・ラボリュートが黒幕であったとしたら、街から出る時に捕縛される可能性があります」

「あったとしたらも何も、黒幕確定なのですけれどね。あなたとユニコーンの彫像がケリー・ラボリュートの執務室にあった時点で確定ですわよ。とっととこの街から出たいのですけれど……」

「正門が開くのは朝六つの鐘。その時には門番には連絡が届いているでしょうから、正攻法でこの街から出ることはできません。ということですので、失礼します」

私の手を引いていたノワールさんが、私を抱き抱えます。

そして淡く光り輝いたかと思うと、ドラゴンに姿を変えました。

体長五メートルの漆黒の竜。

その竜の姿のノワールさんが私を小脇に抱え、明け方の空に向かって飛び上がりました。

――バサッバサッ！

「ひょ、ひょえええええええええ!!」

声にならない声って、こういうことを言うのでしょう。

怖い高い、凄い。

お祖母様の里からサライに戻った時も、ワイバーンの背中に乗って飛んでいました。ですからもう、何かに乗って空を飛ぶのには慣れ始めていましたのに。

まさか小脇に抱えられるとは。

「正門を越えるまで我慢してください。その後は、ブランシュと変わりますので」

「ぶ、ぶ、ブランシュ？」

「はい。私と同じく、精霊女王から力を授かり勇者と共に歩んだ存在。私たちは【幻想神獣《エセリアル》】であり、勇者と共に魔王と戦った【エセリアルナイト】です」

幻想神獣《エセリアル》、そしてエセリアルナイトの存在は聞いたことがあります。

でも、その詳細については失われた文献に記されているだけだそうで、現在は伝承の中で名前だけしか描かれていませんでした。

ノワールさんは高度を上げ、正門の上を飛んでいきます。

ちょうど見張りの騎士が空を見上げた時、ばっちりと私と目が合ってしまいましたが。

「あ、あれ？　騒ぎになりませんけど」

「エセリアルナイトは、その存在を消すことができます。まあ、見えなくなるわけではなく、感覚的に『その場にはいない』『いても気にならない』という感じが正しいかもしれませんけれどね。ペルソナ様の馬車のようなものです」

「なるほど……その力を使えるのがエセリアルナイトですか。本当にすごいですね」

思わず感心してしまいました。

正門を越えたあたりでノワールさんは地面に着地しました。

そして元の騎士の姿に戻ると、私の前で跪きます。

「クリスティナ様、指輪を拝見させてください」

「えっと、指輪……ってこれですか？」

左手を差し出しますと、ノワールさんは中指の指輪にそっと口づけをします。

「我が忠誠、クリスティナ様と共に……では、私はまもなく眠りにつきますので、ここから先はブランシュにお願いします」

腰の後ろに下げていた袋から、ユニコーンの彫像を取り出して私に手渡してくれます。

そして街の方から朝六つの鐘の音が響くと、ノワールさんは霧のように溶けて指輪の中に入っていきます。

「ありがとうございます、ノワールさん」

お礼は大切。

本当に、ノワールさんが来てくれなかったら私はどうなっていたか。

——ブゥウゥウゥン！

そして私の手の中のユニコーンの彫像が光り輝くと、私の目の前に奇妙な男性が姿を表しました。

薄緑色の短い髪、水晶の嵌め込まれた杖を持つ白い肌の魔導師。

その男性が私の方を見て、ニカッと笑いました。

「おう、はじめまして姐《あね》さん。俺の名前はブランシュ、今後ともよろしく頼むわ」

「え、は、はい、ユニコーンの彫像のブランシュさんですね。よろしくお願いします」

「あ〜、そんなかた苦しい口調じゃなくて構わない。これから長い付き合いになるんだから」

ノワールさんとは対称的な、この砕けた感じ。

まあ、変にかた苦しすぎないのなら構いませんけれど。

そんな話をしていると、ブランシュさんが突然、ラボリュートの街の方を見ます。

「追っ手が正門から出てきた？　いや、どうやら外を見回っている感じだな。こっちには気がついていないようだが、早いところこの場所から離れた方がいい」

「急いで隠れましょう!!　やり過ごしてから逃げた方が、でも、もしも見つかったら捕まってしま

います し……」

「まあまあ。そんな心配は無用だ……」

そう呟くと、ブランシュさんが光り輝きます。

そして額にツノを生やした純白の馬の姿になると、私の方をじっと見て。

「乗りな。ノワールと同じく、【認識阻害】の魔術を使えば俺が走っていてもやつらに気づかれることはない。ただ、長時間の行使は無理だから、効果のあるうちに一気に隣の領地まで駆け抜けてやるよ」

「は、は、はい!!」

私は急いでブランシュさんの背中に乗ろうとしましたが、鞍も手綱もなくて固まりました。

「あの、どこに掴まればよろしいのです？」

「首にしがみつきな。まあ、落ちることはないから……さあ、行くぞ!!」

私がしがみついた瞬間。

ユニコーン姿のブランシュさんが駆け出します。

それは、一言で言えば風のごとく。

周りの風景が流れるように後ろに消えていきます。

こ、これは速いです、正直言いまして少し怖いです。

でも、私の気持ちを察してくれたのか、かなりの距離を走ってから、少しずつ速度を落としてくれました。

途中で、旅の方や隊商《キャラバン》を追い抜きましたが、私たちには気づいていなかったようです。

「あいつの領地の外まで来た。ここから先は少し警戒しつつ先に進むとしようか」

「あ、ありがとうございます」

「……と、【認識阻害】効果も切れたか。ここからは少し慎重にいくとするか」

「はい。助かりました」

感謝です。

本当に、多くの人に助けられてもらってばかりです。

「ペルソナさん、ノワールさん、そしてブランシュさん。私は昨日から、皆さんに助けられてばっかりです」

「まあ、ペルソナの野郎が出てきた時は、まだ俺たちは眠っていたからな」

「そうなのですか。でも本当に、あの暴漢に襲われた時、ペルソナさんが配達に来てくれなかったらどうなっていたかわかりません」

ブランシュさんに説明していますと、ふとブランシュさんが私の方に頭を傾げます。

「ペルソナが配達にねぇ。まあ、納品のタイミングってことだろうから運がよかったよな」

「いいえ、即日発送の時に駆けつけてくださって」

「おいおい。即日発送の担当はクラウンだろ？」

「あの時は確か、クラウンさんが別の件で忙しくて代理とかで配達に来てくれたのですよ」

私も気になって聞いたのですし、そう教えてもらったから間違いではありません。

「ふぅん……まあ、いいんじゃね？」

「あの、何か知っているのですか？」

「まさか。俺たちは、ペルソナに力を吹き込んでもらって眠りから覚めたんだぜ？　姐さんのことについての知識なんて、影像を通して知った程度しかないんだからな……まあ、そういうことなんだろうなぁ」

そういうことってなんですか？

気になって、夜も眠れなくなりそうじゃないですか。

「むぅ。気になりますけど……ペルソナさんに訪ねていいものか、考えてしまいますわね」

「忘れろ忘れろ。さあ、もう少し進むぞ」

「わ、わかりました。ゆっくりでお願いしますね」

◇　◇　◇

――ラボリュート辺境伯邸の執務室。

額にシワを寄せ、ケリー・ラボリュートは室内をウロウロと歩き回っている。

一連の報告と失態を聞いて、ケリー本人は気が気ではない。

あのクリスティナが侯爵家から勘当されたことは、貴族院の公布文書で確認している。

それ故にケリーは、貴族としての地位を失った彼女を守る者などいないと判断した。

もちろん、露店でならず者をけしかけた時に、妙な男が彼女を守ったのは知っていた。

だが、その男もクリスティナに四六時中付いて回っているわけではなさそうだったので、問題はないと考えたのだ。

しかし、見事に逃げられてしまった。

「くそっ……」

まだこの地に残っているアーレスト侯爵には見張りをつけてある。

クリスティナが侯爵と接触しようと試みるなら、その前に再度拉致することも可能。

門番にはクリスティナが外に出ないよう監視を強化するよう命じ、各ギルドに潜ませた手の者たちにも外に出る許可を出さないように伝えてある。そして念のため国境の騎士にもクリスティナらしき女が出ていっていないか確認させている。

――コンコン。

ケリーがうろうろと考えを巡らせていると、扉がノックされた。

「入れ」

「失礼します。先ほど、モンドールの使いの方から書簡が届けられましたが」

「ありがとう……使いの者には礼金を。下がってよし」

執事が部屋を出てから、ケリーは書簡を確認する。

モンドールは裏ギルドの連絡員だ。届けられた書簡には彼が放った暴漢たちがクリスティナを完全に見失ったこと、アーレスト侯爵との接触もなかったことなどが記されていた。

「……外に出た形跡はなし。ということは、まだラボリュートの中に潜んでいるということになるか……あとは、外を探らせているやつらからの情報か……」

万一領の外に出ていたとしても、隣領の出来事などについては、雇った密偵からの報告を待つしかない。

だが報告の到着には相当な時間がかかると予想された。

長距離移動は馬車か馬、もしくは徒歩があたりまえであり、遠くに連絡をするためには国が経営している【郵便《ゆうびん》】を用いなくてはならない。

通信用の魔導具はあるものの、それも国やギルドが管理してあるため、個人で所有している者はいない。

つまり、ケリーには用意できない代物だった。

勇者がこの世界にさまざまな魔術や魔導具を残したとはいえ、庶民には高額なものが多く、生活に便利な魔導具はまだまだ数も足りないのだ。

「まあ、領の外に出たということはありえないだろう。いつまで隠れていられるかな、クリスティナよ!!」

大いなる誤解をしつつ、ケリーは受け取った書簡を暖炉に放り込んだ。

――ハーバリオス王国王都にて。

柚月ルカが家出ならぬ王城出をしてからしばらく経った頃。

ブルーザ・アーレスト侯爵が王城へとやってきた。

到着後すぐに国王への謁見を申し出ると、一時間後には許可が無事に下り執務室へと案内される。

「おお、ブルーザ、無事に戻ったか。では、報告を聞かせてもらおうか」

「はい。なんとかクリスティナ・フェイールと会い、彼女に異国の商人と取引していることを確認しました。その際、勇者たちが欲していた商品についてある程度は用意することができ、すでに南支店にて検品も終えてあります。明日にでもこちらへ納める手はずになっていますので、ご安心ください」

説明を行うブルーザに、国王は微笑んでみせる。

「それならば、クリスティナ・フェイールにはぜひとも王都にて店を置いてもらわなくてはならぬな。その際には、アーレスト商会の下にでもついてもらうことにし、勇者が欲するものを納めてもらわなくては。いや、むしろアーレスト商会が異国の商人と直接取引をし、自由に仕入れができるようにすればいいのか」

「おそれながら。私は彼女が異国の商人から荷物を受け取るところを見ていたのですが……何故か話しかけることができず、そのまま見送ってしまいました。また、クリスティナは契約の精霊との盟約により、王都へ入ることができません」

冷や汗をかきつつも、説明するブルーザ。

国王はブルーザの言葉に首を傾げる。

「契約の精霊か……王都追放とは早まった判断をしたものだ。まあ、いくらわしでも、契約の精霊に干渉することはできないから、王都に来てもらうことについては断念せざるを得ないか……しかし、お前ほどの者が異国の商人と取引の話も行わずに、ただ見送ったというのか？　どこに向かった？　街から出ていったのか？」

「いえ、なんと申しますか……荷物を受け取っていた時は、話しかけてはいけないと頭が判断してしまい。馬車が走り出した時には、止めてはいけない、声をかけてはいけないという感覚がありました」

その説明を聞いて、宰相がすっと前に出る。

「陛下。その商人は、おそらくかなり高位の魔導師ではないかと思われます」

「何故だ？」

「【精霊魔術】の中に、そのようなものがあります。それが発動している間は、対象者以外は魔導師に話しかけてはいけないと思い込むそうで」

淡々と説明をする宰相に、国王陛下も膝をトントンと指で叩きつつ頷く。

「確か、初代勇者の一人、カナン・アーレストの伝説の一つだったか。その魔術で、魔王城にも楽々侵入したという逸話があったはずだな」

「はい。おそらくは、その力ではないかと」

「ふむぅ。初代勇者の力が使える異国の商人か。なんとしても欲しい、どうにかして接触できないものか……」

そう考えるのだが、良案はすぐに思いつかず。

この日、国王とブルーザ、宰相は長い時間をかけてさまざまな対策を練ることとなった。

ブルーザと国王の話し合いが続く中。

横で話を聞き、必要なことを羊皮紙にまとめていた宰相のもとに、側近の一人がやってくる。

彼が一言二言耳打ちをすると、宰相は頷いて国王に頭を下げた。

「失礼ながら。オズワルド公爵が謁見を申し出ておりますが」

「今、私は重要な話をしているところだが。急ぎなのか？」

「どうやら、オズワルド公爵も異国の商人の話を聞きたいということのようです」

宰相の言葉に、国王はチラリとブルーザを見る。

「オズワルド公爵家は、ブルーザの妻の実家でもあったか。どうする？」

「これはアーレスト商会についての話です。たとえ妻の実家である公爵家からのお申し出であっても……」

そこまで言った時、ふと、ブルーザはめまいにも似た感覚を覚える。

『異国の商人のことを、公爵にも説明しろ……』

そんな言葉が脳裏に浮かび上がり、ブルーザはその言葉に従わなくてはならないと思い始めた。

そして頭を振ってから顔をあげると、先ほどまでとは違い満面の笑みを浮かべて話を続ける。

「いえ……公爵家を相手に、無下に断るわけにはまいりません。陛下がよろしいのでしたらぜひとも同席していただきたいのですが」

その言葉に国王は頷いて、宰相を指で呼ぶ。

「では、オズワルドの謁見を許可する……それと」

そこから先は、アーレストに聞こえないように囁いた。

「大賢者・武田を呼んできてほしい。ブルーザの様子がおかしいように感じる」

「かしこまりました」

そう頭を下げて、宰相は部屋を出る。

「では、オズワルドが来るまで少し休むとしよう。ブルーザも疲れたであろう？」

「そうですね。では、少し頭を休ませることにします」

ブルーザは執務室の長椅子から立ち上がり、一礼をしてからベランダに出る。

そして時折頭を抱えたり、何か見えないものに手を伸ばすような仕草をしたりする。

その様子を、国王は警戒しつつ静かに眺めていた。

——しばらくして。

ゆっくりと扉が開き、オズワルド公爵が姿を現した。

綺麗な顎髭を蓄えた老人。それがオズワルドに対する人々の印象である。

貴族のような固い雰囲気はなく、むしろ庶民派と言えるほどに市井の人々に溶け込んでいる。

「ブルーザ、娘からも話は聞いたぞ。どうしてオストールを自宅謹慎にした？　やつの優秀さはお前も知っているだろうが」

「いえ、オストールには商人としての才はありません。それどころか商人としてあるまじき行為をしたのです。自らの失敗を実の妹に擦りつけ、己は何もなかったかのようにアーレスト家次期当主となろうなど言語道断。反省の色が見えないようでしたら、家訓通り、クリスティンのように我が家から追放します」

ブルーザは淡々と説明するものの、時折頭を振っている。

何かに抗おうとしているのか、それとも自分の考えに疑問を感じたのか。

その姿を見たオズワルドは、少しだけ口元に笑みを浮かべるとこう言った。

「なあ、ブルーザ。あの小娘は亜人の血が混ざっているのだぞ？　そんな小娘など勘当されて当然ではないか。そもそもだ、その小娘がオストールを嵌めるために動いていた、そうだよな？」

オズワルドの最後の言葉を聞いた時。

ブルーザの瞳から、光が消える。

「あ……ええ、そうですね。オストールの罪は不問とし、クリスティンの罪状について改めて調べ直した方がいいです……陛下、今一度、クリスティンの罪について、アーレスト家当主である私が調べたいと思います」

そう国王に向かって申し出るブルーザ。

その豹変ぶりに、国王は目を丸くするのだが。

「どうでしょうか、ブルーザもこう申しております。ここは、私たちにお任せいただけますか？」

オズワルドが国王に進言する。

すると国王もオズワルドの言葉を聞いて、瞳から光が消え始め……

――ズバァァァァァァッ‼

突然、執務室の扉が細切れになると、銀のローブを身にまとった武田が室内に入ってきた。

「き、貴様は勇者‼　誰の許可を得てここにやって来た‼」

オズワルドが武田に向かって叫ぶ。

「国王だ。僕の目にはしっかりと見えているぞ、アーレスト侯爵に取り憑いているものの正体がね。術式展開、『送還の魔術陣よ、かの者に取り憑いている悪しき精霊を引きはがし、我が手の宝珠に封じてください』‼」

武田が叫んだ瞬間、室内全体に魔術陣が広がる。

四方の壁も、床も天井も包む巨大な魔術陣。

それが輝いたかと思うと、四方八方から白い鎖が飛び出し、オズワルドとブルーザ、そして国王の身体に突き刺さった。

「がっ……！」

ブルーザの口が大きく開き、白い鎖でがんじがらめになった黒い影が引きずり出される。

「ハアハアッ……なんということだ、ブルーザ！　これは、オズワルド、貴様の仕業か⁉　衛兵！公爵を捕らえよ！」

動揺して息を荒らげた国王を、武田が押しとどめる。

「いえ、この人も被害者です。ほら」

武田が指し示す先には、床にうずくまってブルーザと同じように黒い影を吐き出すオズワルドの姿があった。

「ぐ、ぐが……き、貴様……あと少しで……勇者の末裔を……セイレイノカゴヲモツムスメヲ……」

オズワルドの口から這い出た影は、白い鎖に縛られながら呻いている。

「なんと……武田殿、これはどういうことなのだ？　彼らに何が起こっていたのだ？」

「失礼ながら、国王陛下。こっちのひげ親父に取り憑いてたのが闇の精霊【シャドウバインダー】で、アーレスト侯爵に取り憑いていたのはその眷属です。あと少し遅ければ、国王陛下も闇の精霊に憑依されるところでした」

「な、なんだと……」

「ちょっと失礼しますね。強制鑑定、シャドウバインダーよ、そのすべてをさらけ出せ」

武田が詠唱すると、縛られて転がっているシャドウバインダーの頭上に、ステータスが浮かび上がる。

誰にも真似できない、大賢者の秘術。

それを使って武田はシャドウバインダーの契約者に関する情報を映し出し、じっくりと読みこんでいった。

「陛下。この闇精霊は魔族四天王の一人、堕ちた召喚士【ノア・ディスク】というやつに仕えています。どうして二人に精霊を憑依させていたのか、その目的などはこれから調べる必要がありますが、どういたしますか？」

「そんな……どうしてオズワルドに闇の精霊が憑依していたのだ。それにブルーザまで……彼らは我が国の貴族家の中でも忠義に厚く、初代勇者の時代から我が王家を支えていたのだが」

「だからこそ、魔族は二人をターゲットとして操ろうとしたのかもしれません。もう少し細かい部分につきましては調べる必要があります。お時間をいただけますか？」

そう告げて、武田は床に転がっている闇精霊たちを、手元にある黒い宝珠に吸収する。

そして右手で空中に印を描き一枚の呪符を作り出すと、それを宝珠に張り付けた。

「わかった。この件については大賢者・武田に一任する。よろしく頼むぞ」

「かしこまりました。それでは、失礼します」

そう告げてから頭を下げ、武田は部屋から出ていった。

そして入れ違いに衛兵がやってくると、倒れているブルーザとオズワルドを拘束。

そのまま部屋の外へと連れ出していった。


翌日。

朝一番でアーレスト商会南支店が、大量の商品を収めた馬車で王城へと入った。

そして勇者の塔の前にやってくると、姿を現した宰相に納品目録を手渡す。

「ご確認お願いします」

「うむ……」

受け取った目録を読み上げる声に合わせて、馬車から荷物が下ろされる。

そして待機していた魔導師が鑑定し、危険がないことを確認してから、荷物は塔の横に建てられた倉庫へと運び込まれていく。

半ば儀式的に見える納品であるが、紀伊國屋たちは念願の商品が届けられたということで、特訓も半ばにして塔の前にやってきた。

「……かなり多くの木箱が運び込まれているようだが、あの中に注文したものが入っているのか？」

「ふぁぁぁぁ。……早くコーラとポテトチップスとピザとバッテリー……」

「話は聞きましたよ。昨日は、武田さんはお手柄だったようで。私と緒方も窓の外と廊下で待機していましたが、すべてあなた一人で終わらせるとは大したものです」

「訓練の成果が出たようで、よかったな!!」

昨日は武田が闇の精霊を退治すると同時に、紀伊國屋と緒方も動いた。

そして対魔族用の神聖結界を王城全域に施し、魔族の侵入に対処していたのである。

「まあ……厄災の対処が終われば帰れるからさ。それに、この荷物が届くって報告も受けていたから……」

「そうか。しっかし、柚月もタイミングが悪いというか、なんというか」

荷物が到着しても、それを一番心待ちにしていた柚月はこの場にはいない。

だが、無事に商品が納品されたことで、三人のテンションはマックスである。

「さあ、それでは戻ることにしましょう。私たちがここにいても、邪魔にこそなれ、作業が早まることはありませんからね」

「紀伊國屋の言う通りだな、戻るか」

「うん」

彼らは素直に塔に戻った。

そして夕方には、宰相自らが勇者たち三人の元に、納品された商品の目録を届けてくれたのだが。

「……ない、バッテリーがない……コーラもない……ピザもない……僕、オワタ……」

「はぁ、やっぱり銃弾は無理だったか。俺の主兵装なんだが、どうしたものか」

「それでも、日本製の生活用品や下着などはしっかりと手に入れられましたし。菓子類もありますから、今回はこれでよしとしておきますか」

「菓子‼ ポテチ……あったぁぁぁぁぁぁぁぁ」

さすがにスマホのバッテリーやコーラ、ピザといったものは型録通販のシャーリィでも定番商品ではなく、さらに銃弾などは取り扱っていないために入手不可能。

それでも、米やレトルトパックの食料はあり、スーツや肌着も一通り揃えられている。

生菓子系やピザ、牛乳などはないが、スナック菓子が大袋でいくつも入っていたので、武田としてはとりあえず満足だった。

「すぐに追加注文がしたい。スマホの予備バッテリー、もしくは太陽光パネル。コーラとピザ、いや、ピザソースの素でも構わない」

「銃弾がないなら、俺はまあ、特に必要なものはないなぁ」

「私もですね。ただ、次の納品に時間がかかるのでしたら、先に注文しておきたいので……と、アーレスト商会は昨日の一件で今それどころではないのですよね。さて、どうしたものか」

「異国の商人と直接取引をしているものについて、今は調べています。それに後日、別の便で食料も届けられるとのことですから、それまではしばらくお待ちを」

勇者たちのやる気が戻ったので、宰相としても満足である。

だが、まだ足りないと言われてしまった以上、早急に手配が必要だ。

ただ、昨日の騒動の翌日であり、オズワルド公爵とアーレスト侯爵は未だ目を覚ましていない。

今は厳重に見張りをつけ、罪を犯した貴族用に作られた牢に閉じ込めてある。

意識が戻り次第、審問が開始されるのだが。

たとえ憑依されていたとはいえ、魔族にいいように操られていたということについては、それなりの罰が下されるだろうと、宰相は残念に思っていた。

——王都・アーレスト侯爵邸。

再三の言いつけを無視して南支店に出入りしていたオストールだったが。

現在は監視付きで軟禁状態になっており、自宅の敷地から一歩も外に出ることができず悶々としていた。

自分がしでかしたことなのに、すべて妹が悪い、やつが死んだらすべて丸く収まるはずだと、ブツブツと部屋で呟くだけの日々を送っている。

かたやグランドリは、久しぶりに会える父に報告ができると晩餐の時間を楽しみに待っていた。

待っていたのだが、晩餐の場に、父の姿はない。

「母上。父上の姿が見えないようですが、何かあったのですか?」

「ええ。昨日、国王との謁見の時に少し体調を崩してしまったそうで、今は王城にいる聖者・紀伊國屋様の治療を受けているそうです」

今朝がた、王城からそのような報告があった。

詳細については一切語られることがないまま、アーレスト商会は当面の業務の停止を命じられ、勇者に関する納品の取り扱いのみが業務として許されることになった。

何が起こったのか、妻ローゼにも何も語られていない。

ただ、沙汰があるまでは、アーレスト家に連なる者は自宅で謹慎しているようにと告げられたのである。

ローゼはただ、嫌な予感だけを抱えて夕食を口に運んだ。

エピローグ

ラボリュート辺境伯領から逃げるように飛び出して数日後。

ブランシュさんとノワールさんには、今まで私に起こったことをゆっくりと、時間をかけて話しました。

最初のうちは二人とも私を追い出したアーレスト家に復讐しようと言っていたのですが、それはどうにか押さえてもらい。

今はこう、生まれ変わったように楽しい日々が続いていますよと言って納得してもらいました。

そんなことがあってようやく。ノワールさんとブランシュさん、二人のおかげで、どうにかラボリュート領とオーウェン領、そしてシャトレーゼ伯爵領へと続く三叉路まで辿り着きました。

「ここから東がシャトレーゼ領、交易都市メルカバリーまで続いています」

「道中、姐さんから教えてもらった場所だな。型録通販のシャーリィを使って、初めて露店を開いた場所。いわば、フェイール商店発祥の地っていうところか」

「そうですね。そして、この先。北に向かうとオーウェン伯爵領があります。私がまだ幼い時、何度か旅行で訪れたことがある地。ヤーギリっていう大きな川があってですね、馬車も乗せることができる渡し船があるのですよ」

うん。

このままラボリュート領へ戻ることはないでしょう。

そしてメルカバリーに向かったとしても、あのケリーとかいう男は、なんだかんだと圧力をかけて私を手に入れようとするに決まっています。

今はまだ、私のことを追いかけては来ていないけれど、いずれは私の前に姿を現すでしょう。

「それで、姐さんはどうする？　俺とノワールがいるから、あんなチンケな男の悪事なんてすべて暴くことぐらいは造作もないが」

ブランシュさんがそう言ってくれました。

逃げるだけじゃない、時には戦うことも必要。

けれど。

今は、すべてを運命に委《ゆだ》ねたい気分なのです。

足元に落ちている石を一つ拾い上げると、私はそれを空高く投げ上げました。

石が落ちた場所、それが私たちの次に向かう方角。

そして、石は北へと向かう街道の方へと落ちていきました。

「うん、北です。お父様から預かった手紙のこともありますし、少しゆっくりと休みたいというのもありますので」

「決まりだな。それじゃあ、向かうことにしようか」

さて。

北の地オーウェン。

間もなく夏、オーウェンの地では毎年恒例のお祭りも行われる頃でしょう。

「さあ、それでは行きましょう。オーウェンではおいしい食べ物が待っていますよ!!」

「そりゃあいいな。きっとノワールも喜ぶだろうさ。ああ見えてあいつ、甘味には目がないからな……俺は肉だ、とにかくうまい肉が食べたい」

ええっと。

ブランシュさんがユニコーンでノワールさんはドラゴンですよね？

逆じゃないのですか？

「ま、まあしゅっぱーーつ!!」

これから、どんな出会いや楽しみが待っているのでしょう。

今からもう、ワクワク感がたまりません。

◇　◇　◇

「ん〜、あっちっぽい？」

召喚された今代の勇者の一人、柚月ルカは、時計を撫でながら首を傾げていた。

自分たちの世界の商品を取り扱っているらしき商人に会うために王城を飛び出した彼女は、授かった力を使ってその商人の魔力の痕跡を追っている最中。

幸いなことに、時計に残っていた魔力の波長はしっかりと追跡できている。

そのため柚月は、多少は時間がかかるかもしれないが、追いつくことは可能だと確信していた。

「結構遠いけど、あーしなら大丈夫っしょ！」

そう言って、柚月は自慢の箒《ほうき》の柄を握った。

飛行魔術はこの世界から失われた魔法である。

だが、柚月は王城に残された古い文献から飛行魔術の使用法を読み解いていた。

それを元に独自に作り出した【魔法《まほう》の箒《ほうき》】は、馬車よりも速く飛ぶことができる。

道ゆく旅人や商人たちの好奇心を煽りつつも、柚月はただひたすらに、時計の魔力を追い続ける。

「待ってろよ〜甘味！」

彼女の決意の証明とも取れる叫び声が、青い空に響き渡っていく。

クリスティナと柚月ルカ。

二人が出会う日は、そう遠くない。

【型録通販から始まる、追放令嬢のスローライフ】
ハーバリオス王国周辺地図大公開！

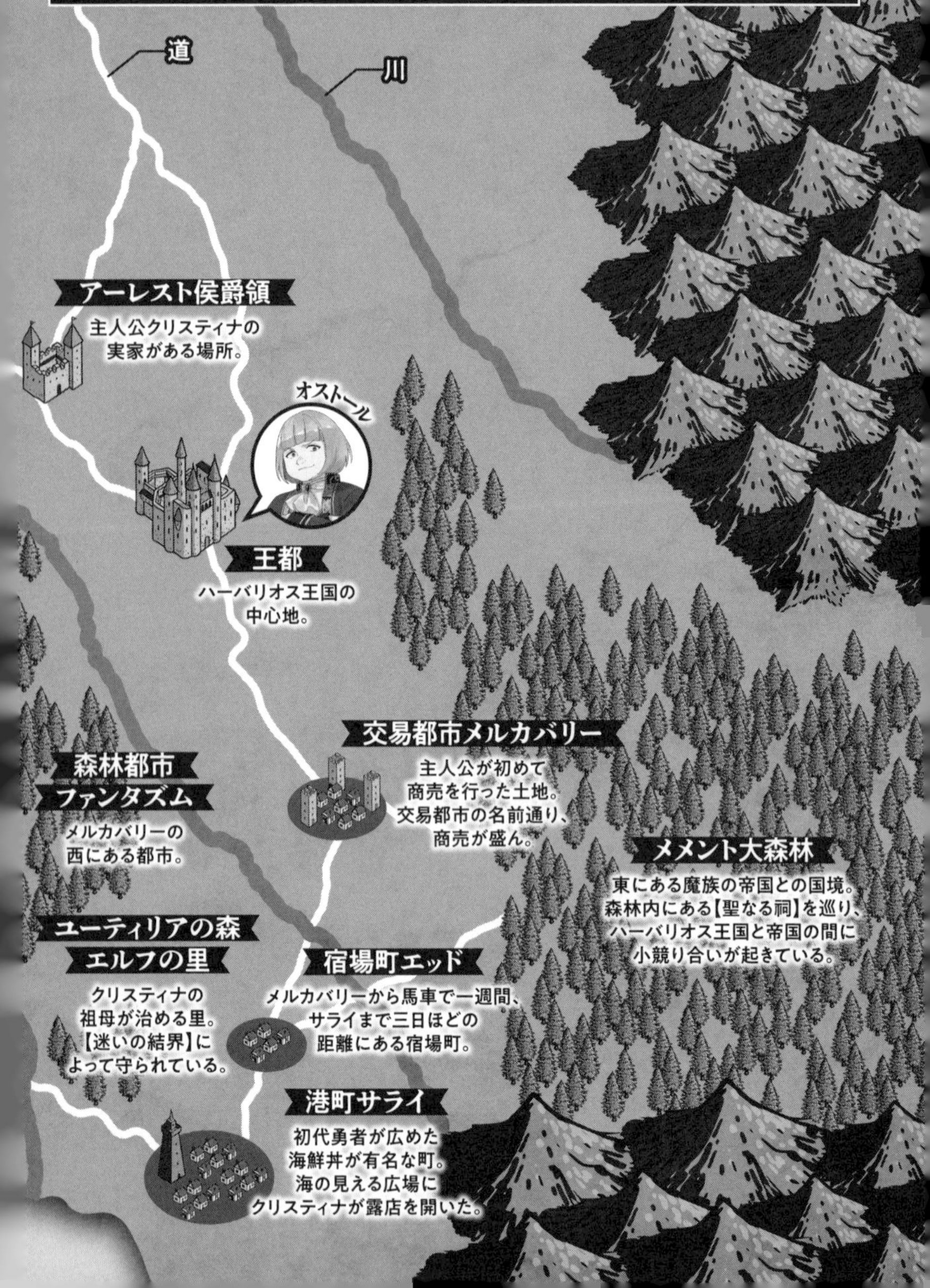
道
川
アーレスト侯爵領
主人公クリスティナの
実家がある場所。
オストール
王都
ハーバリオス王国の
中心地。
交易都市メルカバリー
主人公が初めて
商売を行った土地。
交易都市の名前通り、
商売が盛ん。
森林都市
ファンタズム
メルカバリーの
西にある都市。
メメント大森林
東にある魔族の帝国との国境。
森林内にある【聖なる祠】を巡り、
ハーバリオス王国と帝国の間に
小競り合いが起きている。
ユーティリアの森
エルフの里
クリスティナの
祖母が治める里。
【迷いの結界】に
よって守られている。
宿場町エッド
メルカバリーから馬車で一週間、
サライまで三日ほどの
距離にある宿場町。
港町サライ
初代勇者が広めた
海鮮丼が有名な町。
海の見える広場に
クリスティナが露店を開いた。

Catalog tsuhan kara hajimaru, tsuihoureijou no slow life
オーウェン領
クリスティナが目指している土地。
現在通行止め
ヤーギリ川
ラボリュートとオーウェン領を遮る大河。馬車も乗せることができる渡し船があることで有名。
クリスティナ
カマンベール王国
ラボリュートから国境を越えたところにある隣国。クレア・アイゼンボーグはこの国出身。
城塞都市ラボリュート
女辺境伯が治めている国境間際の都市。サライから馬車で二週間ほどの距離にあり、温泉が有名。
柚月ルカ
宿場町カタラ
サライからラボリュートへの道中にある宿場町。

The Record by an Old Guy in the world of Virtual Reality Massively Multiplayer Online
とあるおっさんのVRMMO活動記
1~27
椎名ほわほわ
Shiina Howahowa
アルファポリス 第6回 ファンタジー小説大賞 読者賞受賞作!!
累計150万部突破の大人気作
(電子含む)
TVアニメ
2023年10月放送開始!
CV
アース:石川界人
田中大地:浪川大輔
フェアリークィーン:上田麗奈
ツヴァイ:畠中祐 / ミリー:岡咲美保
監督:中澤勇一 アニメーション制作:MAHO FILM
とあるおっさんのVRMMO活動記
椎名ほわほわ
現実じゃ冴えない会社員でもVRMMOの中では名うてのスキル職人!?
ネットで人気爆発!
冴えないおっさんのほのぼのVRMMOファンタジー!
第6回アルファポリスファンタジー小説大賞 読者賞受賞作、待望の書籍化!
●各定価:1320円(10%税込)
●illustration:ヤマーダ
1~27巻好評発売中!!

超自由度を誇る新型VRMMO「ワンモア・フリーライフ・オンライン」の世界にログインした、フツーのゲーム好き会社員・田中大地。モンスター退治に全力で挑むもよし、気ままに冒険するもよしのその世界で彼が選んだのは、使えないと評判のスキルを究める地味プレイだった!——冴えないおっさん、VRMMOファンタジーで今日も我が道を行く!

とあるおっさんのVRMMO活動記 1
現実じゃ冴えないおっさんが料理生産から冒険までVRMMOで大活躍!!

大人気ファンタジー待望のコミカライズ!!

シリーズ累計18万部!!

漫画:六堂秀哉
●各定価:748円(10%税込) ●B6判
コミックス1~10巻好評発売中!!

月が導く異世界道中
Tsukiga Michibiku Isekai Dochu
あずみ圭
Azumi Kei
1〜18
8.5
シリーズ累計
350万部
(電子含む)
の超人気作!
TVアニメ 第2期
2024年1月から
2クール
放送決定!
異世界へと召喚された平凡な高校生、深澄真。彼は女神に「顔が不細工」と罵られ、問答無用で最果ての荒野に飛ばされてしまう。人の温もりを求めて彷徨う真だが、仲間になった美女達は、元竜と元蜘蛛!? とことん不運、されどチートな真の異世界珍道中が始まった!
薄幸系男子の成り上がりファンタジー、開幕!
なんでだろう 親の都合で異世界へ
読者賞受賞作!
待望の書籍化!
2期までに
原作シリーズもチェック!
●各定価：1320円（10%税込）
●illustration：マツモトミツアキ
1〜18巻好評発売中!!
とことん不運、されどチート!!
漫画：木野コトラ
●各定価：748円（10%税込）●B6判
コミックス1〜12巻好評発売中!

手切れ金代わりに渡されたトカゲの卵、実はドラゴンだった件

KUSANOHA OWL 草乃葉オウル

1・2

追放された
雑用係は
竜騎士となる

お人好し少年が育てる
ことになったのは めちゃかわ
最強 ちびドラゴン！

俺——ユート・ドライグは途方に暮れていた。上級冒険者ギルド『黒の雷霆』で雑用係をしていたのに、任務失敗の責任をなすりつけられ、まさかの解雇。しかも雑魚魔獣イワトカゲの卵が手切れ金代わりだって言うんだからやってられない……

そんなやさぐれモードな俺をよそに卵は無事に孵化。赤くて翼があって火を吐く健康なイワトカゲが誕生——

いや、これトカゲじゃないぞ!? ドラゴンだ！

「ロック」と名付けたそのドラゴンは、人懐っこくて怪力で食いしん坊！ 最強で最高な相棒と一緒に、俺は夢見ていた冒険者人生を走り出す——！

◆各定価：1320円（10％税込） ◆Illustration：有村

トカゲ（本当は神竜）を召喚した聖獣使い、竜の背中で開拓ライフ 1・2
～無能と言われ追放されたので、空の上に建国します～
著 水都 蓮
Minato Ren
祖国を追い出された聖獣使い、
巨竜の背で自由に生きる!!
竜大陸から送る、爽快天空ファンタジー！
聖獣を召喚するはずの儀式でちっちゃなトカゲを喚び出してしまった青年、レヴィン。激怒した王様に国を追放された彼がトカゲに導かれ出会ったのは、大陸を背負う超でっかい竜だった!?　どうやらこのトカゲの正体は真っ白な神竜で、竜の背の大陸は彼女の祖国らしい。レヴィンは神竜の頼みですっかり荒れ果てた竜大陸を開拓し、神竜族の都を復興させることに。未知の魔導具で夢のマイホームを建てたり、キュートな聖獣たちに癒されたり――地上と空を自由に駆け、レヴィンの爽快天上ライフが始まる!
◎各定価：1320円（10%税込）　◎Illustration：saraki
神竜の力で
古代都市が
激レア聖獣&幻獣と優雅に深海旅行！
海底リゾートに!?
コミカライズ企画進行中!!!

幼子は最強のテイマーだと気付いていません！

Osanago ha Saikyo no Tamer Dato kizuite Imasen!

1~3

少女は自分がチートだとまったく気付いていません！

[author]

akechi

森の奥深くにひっそりと暮らす三人家族。その三歳の娘、ユリアの楽しみは、森の動物達と遊ぶこと。一見微笑ましい光景だが、ユリアが可愛がる動物というのは——伝説の魔物達のことだった！　魔物達は懐いているものの、彼女のためなら国すら滅ぼす凶暴さを秘めている。チートすぎる“友達”のおかげでユリアは気付かぬ間に最強のテイマーとなっていた。そんな森での暮らしが、隣国の王子の来訪をきっかけに一変！　しかも、ユリアが『神の愛し子』であるという衝撃の真実が明かされて——!?

1~3巻好評発売中!

◉各定価：1320円（10%税込）　◉Illustration：でんきちひさな

部屋で眠りについたのに、見知らぬ森の中で目覚めたレン。しかも中学生だったはずの体は、二歳児のものになっていた！　白い虎の魔獣——スノーラに拾われた彼は、たまたま助けた青い小鳥と一緒に、三人で森で暮らし始める。レンは森のもふもふ魔獣達ともお友達になって、森での生活を満喫していた。そんなある日、スノーラの提案で、三人はとある街の領主家へ引っ越すことになる。初めて街に足を踏み入れたレンを待っていたのは……異世界らしさ満載の光景だった!?

◉各定価：1320円（10％税込）　◉illustration：中林ずん

1~3巻好評発売中!

◉各定価:1320円(10%税込)
◉Illustration:キャナリーヌ

ライトなオタクのぐーたら干物女……だったはずなのに、目が覚めると幼女になって見知らぬ森の中! どうしたものかと思いつつ、散策を開始すると思わぬ冒険ライフがはじまって……威力バツグンな魔法が使えたり、オコジョ似のもふもふや過保護な冒険者パーティと出会い、転生幼女は今日も気ままに我が道まっしぐら! ネットで大人気のゆるゆるチートファンタジー!

待望のコミカライズ
好評発売中!

◉定価:748円(10%税込)
◉漫画:水谷クロ　B6判

泣いて謝られても教会には戻りません！
追放された元聖女候補ですが、同じく追放された『剣神』さまと意気投合したので第二の人生を始めてます
1・2
Hitsuki Nodoka
ヒツキノドカ
婚約破棄され追放されたけど…
実は神様の癒しの力、持ってました!?
アルファポリス
第13回ファンタジー小説大賞
大賞
受賞作！
根も葉もない汚名を着せられ、王太子に婚約破棄された挙句に教会を追放された元聖女候補セルビア。家なし金なし仕事なしになった彼女は、ひょんなことから『剣神』と呼ばれる剣士ハルクに出会う。彼も「役立たず」と言われ、貢献してきたパーティを追放されたらしい。なんだか似た境遇の二人は意気投合！ ハルクは一緒に旅をしないかとセルビアを誘う。―― 今まで国に尽くしたのだから、もう好きに生きてもいいですよね？ 彼女は国を出て、第二の人生を始めることを決意。するとその旅の道中で、セルビアの規格外すぎる力が次々に発覚して――!?
神に愛された元聖女候補と最強剣士の超爽快ファンタジー、開幕！
◉各定価：1320円（10％税込）　◉Illustration：吉田ばな
教会には戻りません！
ヒツキノドカ
泣いて謝
2
超絶チート
大制圧!!

新＊感＊覚　ファンタジー！

Regina レジーナブックス

レジーナブックス Regina

マンガ世界の
悪辣継母キャラに転生!?

継母の心得1～2

トール
イラスト：ノズ

病気でこの世を去ることになった山崎美咲。ところが目を覚ますと、生前読んでいたマンガの世界に転生していた。しかも、幼少期の主人公を虐待する悪辣な継母キャラとして……。とにかく虐めないようにしようと決意して対面した継子は――めちゃくちゃ可愛いんですけどー!!　ついつい前世の知識を駆使して子育てに奮闘しているうちに、超絶冷たかった旦那様の態度も変わってきて……

詳しくは公式サイトにてご確認ください。

https://www.regina-books.com/

携帯サイトはこちらから！

アルファポリスで作家生活!

「投稿インセンティブ」で報酬をゲット!

「投稿インセンティブ」とは、あなたのオリジナル小説・漫画をアルファポリスに投稿して報酬を得られる制度です。
投稿作品の人気度などに応じて得られる「スコア」が一定以上貯まれば、インセンティブ=報酬(各種商品ギフトコードや現金)がゲットできます!

さらに、人気が出ればアルファポリスで出版デビューも!

あなたがエントリーした投稿作品や登録作品の人気が集まれば、出版デビューのチャンスも! 毎月開催されるWebコンテンツ大賞に応募したり、一定ポイントを集めて出版申請したりなど、さまざまな企画を利用して、是非書籍化にチャレンジしてください!

まずはアクセス! アルファポリス 検索

アルファポリスからデビューした作家たち

ファンタジー

『ゲート』
柳内たくみ

『月が導く異世界道中』
あずみ圭

『最後にひとつだけお願いしてもよろしいでしょうか』
鳳ナナ

恋愛

『君が好きだから』
井上美珠

ホラー・ミステリー

『THE QUIZ』
『THE CHAT』
椙本孝思

一般文芸

『居酒屋ぼったくり』
秋川滝美

歴史・時代

『谷中の用心棒
萩尾大楽』
筑前助広

児童書

『虹色ほたる』
『からくり夢時計』
川口雅幸

えほん

『メロンパンツ』
しぶやこうき

ビジネス

『端楽(はたらく)』
大來尚順

この作品に対する皆様のご意見・ご感想をお待ちしております。
おハガキ・お手紙は以下の宛先にお送りください。

【宛先】
〒150-6008 東京都渋谷区恵比寿4-20-3 恵比寿ｶﾞｰﾃﾞﾝﾌﾟﾚｲｽﾀﾜｰ 8F
（株）アルファポリス　書籍感想係

メールフォームでのご意見・ご感想は右のＱＲコードから、
あるいは以下のワードで検索をかけてください。

アルファポリス　書籍の感想　検索

ご感想はこちらから

本書はWebサイト「アルファポリス」（https://www.alphapolis.co.jp/）に投稿されたものを、改題・改稿のうえ、書籍化したものです。

型録通販《かたろぐつうはん》から始《はじ》まる、追放令嬢《ついほうれいじょう》のスローライフ

呑兵衛和《のんべえお》 尚《しょう》

2023年 8月 31日初版発行

編集－藤長ゆきの・宮坂剛
編集長－太田鉄平
発行者－梶本雄介
発行所－株式会社アルファポリス
〒150-6008 東京都渋谷区恵比寿4-20-3 恵比寿ｶﾞｰﾃﾞﾝﾌﾟﾚｲｽﾀﾜｰ8F
TEL 03-6277-1601（営業）　03-6277-1602（編集）
URL https://www.alphapolis.co.jp/
発売元－株式会社星雲社（共同出版社・流通責任出版社）
〒112-0005 東京都文京区水道1-3-30
TEL 03-3868-3275
装丁・本文イラスト－nima
装丁デザイン－AFTERGLOW
印刷－中央精版印刷株式会社

価格はカバーに表示されてあります。
落丁乱丁の場合はアルファポリスまでご連絡ください。
送料は小社負担でお取り替えします。
©Nonbeosyou 2023.Printed in Japan
ISBN978-4-434-32483-3 C0093